I don't
give a
position
of le e!

正妻の座は渡さない!

天草 白
イラスト◆誉

一迅社文庫

正妻候補②
Touka Nawasaka
那和坂桃花
正妻候補①
Mayu Natsuse
夏瀬真由

Yukito Masaki
真崎雪人
正妻候補③
Yuzu Seirenin
青蓮院柚子

妻を旧姓で呼ぶなんて変です。
ちゃんと名前で呼んでくださいね？
「ま、真由……ちゃん……」
よくできました♥

正妻の座は渡さない！

天草 白

一迅社文庫

挿画：誉
デザイン：児玉賢吾（ＢＥＥ－ＰＥＥ）

I don't give anyone position of legal wife!

正妻の座は渡さない！

I don't give anyone position of legal wife!

prologue

プロローグ

「今日からはこの真由《まゆ》があなたの妻。ずっとお傍《そば》にいさせてくださいね、先輩……いえ、あ・な・た♡」

甘ったるい吐息が吹きかかり、全身がゾクゾクとした。

広々としたリビングで、今にも抱きつかんばかりに迫ってくる彼女——夏瀬《なつせ》真由ちゃんを見つめ、僕は何度も息を呑《の》んだ。

楚々《そそ》とした顔だちや長い黒髪に白いエプロン姿がよく似合っている。

「どうかしました、先輩？」

「い、いや、えっと……」

憧《あこが》れと緊張、驚きとドギマギ……色々な気持ちが混じり合って、上手《うま》く言葉が出てこない。

ほんの少し前までは先輩後輩の関係でしかなかった女の子。

それが、今は僕の伴侶《はんりょ》として目の前にいる。

「もしかして、私の新妻姿に見とれてました？　ふふ」

悪戯《いたずら》っぽく指摘してくる真由ちゃんに、僕はますますドギマギした。

あまりにも突然に、あまりにも急激に変わってしまった関係に不思議な気分を抱きつつも、胸が甘酸《あまず》っぱくときめいている。

「み、見とれてたっていうか……いきなり、あなた、なんて言われたから、その……照れちゃって」

声を上ずらせながら、僕はそれだけの言葉をようやく告げた。

「あら、先輩が望むなら何度でも言ってあげますよ。あなた♡」

「ひあぁ、だ、だから照れるってば……」

照れくささで体中がくすぐったくなる。

夫婦という関係をいやおうなしに意識させる真由ちゃんの言葉が、僕の頭の中で何度も反響《はんきょう》した。

「中学のときの出会いはやっぱり運命だったんですね」

感慨深げにうっとりと頬《ほお》を染める真由ちゃん。

確かにあれは、運命的な出会いだったのかもしれない。

僕もまた感慨に浸りながら、真由ちゃんと初めて出会ったときのことを思い起こし――、

「ちょっと待ったーっ！　何二人の世界作ってるん⁉」

と、反対側から別の女の子がポニーテールを揺らしながら割って入った。

「雪人《ゆきと》はうちと一緒に夫婦道《めおとみち》を歩んでいくんや！　他の女にちょっかいは出させへん！」

勝気そうな顔つきは真由ちゃんとタイプが違うものの、負けず劣らずの美少女っぷり。

真由ちゃんがエプロン姿なのに対し、この女の子――那和坂桃花《なわさかとうか》ちゃんはやり手のキャリアウーマンを思わせる黒いスーツ姿だった。

「ねえ、お腹《なか》すいたよ～」

さらに、とてとてと走ってきた女の子が、僕にしがみつく。

ショートカットに柔和な笑顔。小柄な体に制服姿が可愛《かわい》らしい。

「なんか買ってきて、雪人《ゆきと》くん～。夫なんだからいいよね？」

ちょいちょい、と袖《そで》を引っ張られた。

「夫は妻のためにパシらなければならない、って法律で決まってるんだよ～」

「世界中のあらゆる法律を見ても、そんなことは載ってないと思いますよ」

にこにこ顔の彼女――青蓮院《せいれんいん》柚子《ゆず》さんに僕は苦笑してみせた。

と、すぐ傍《そば》から強烈なプレッシャーを感じ、僕はそっちに視線を向けた。

真由《まゆ》ちゃんと桃花《とうか》ちゃんが真っ向からにらみ合っている。

「過ごした時間の長さは私が一番です。先輩のことなら、私が一番よく知ってるんです」

「たかが中学の先輩後輩やろ」

「那和坂《なわさか》先輩とは積み重ねた歴史が違います」

「歴史ならこれから積み重ねるから心配せんでもええよ」

凛然《りんぜん》とした真由ちゃんに、勝気に言い返す桃花ちゃん。

互いに一歩も譲らない、女同士の壮絶なバトルだった。

「先輩は私みたいな女がしっかりサポートしないとダメなんです」

「うちと一緒に会社経営して、四大財閥《ざいばつ》の頂点に立つんや」

火花を散らさんばかりに視線をぶつけあう二人の傍では、

「二人ともなんでそんなに一生懸命《いっしょうけんめい》なんだろ……？」

ユルい口調でつぶやきながら、柚子《ゆず》さんがぽりぽりとポテチを食べている。

「私たちは人生を懸《か》けてるんですから、必死になるのは当然でしょう！」

「そうや、妻ロワは戦いや！」

気勢を上げる真由ちゃんと桃花ちゃん。

「んー、そんなに必死にならなくても〜。あたしは適当に楽しく生きられればそれでいいかな〜」

柚子さんの表情からは、他の二人のような『自分こそが妻になる！』という強烈な自己主《じこしゅ》張《ちょう》は感じられない。ほんわかして自然体。他人と競ったり争ったりなんて無縁なのが、柚子さんのスタンスだ。

「だから二人ともケンカしないで〜。皆《みんな》で仲よく、楽しく、だよ〜」

うん、確かにケンカはよくない。それには僕も同意していたのだが、

「だから楽しく過ごすためにも、雪人くんは早くお菓子買ってきて〜」

結局、その結論が言いたかっただけ⁉

「そもそもお菓子ならもう手に持ってるでしょう」

「これはおかず。主食のお菓子がほしいの〜」

子供のようにぷうっと頬《ほお》を膨らませて主張する柚子《ゆず》さん。

「お菓子に主食もおかずもないと思います」

「とにかく、一袋じゃ足りないんだよ〜。育ち盛りだもの」

「育ち盛り……」

「あー、今、背が低いくせに、って思ったでしょ〜。ちっちゃいからってバカにしちゃダメだよ〜」

柚子さんは両手をバタバタと振り回して抗議した。

「わわっ、バカになんてしてないですよっ」

言いつつ、三人の中で一際背が低く、僕の胸のところくらいまでしかない柚子さんをジッと見下ろしてしまう。

と、

「そもそも妻たる者、夫を支えなくてどうするんですか。パシリなんてもってのほかです」

柚子さんのことを真由《まゆ》ちゃんがたしなめた。

「えー、ダメ〜？」

「ダメです」

「真由ちゃん、きびしい」

拗《す》ねたように頬をぷくっと膨らませる柚子さん。

真由ちゃんはまるで子どもを叱《しか》るように、

「あなたがユルすぎるんです」

「支えるって言われても、あたしよく分からないし～」

「当然、公私ともに支えるってこと。それが総帥《そうすい》夫人の役割や！」

桃花《とうか》ちゃんが拳《こぶし》を振り上げて力説する。

背後にざばーんと波でも立ちそうな勢いだった。

「仕事の上では御神財閥《みさかざいばつ》を統《す》べる夫を補佐し、家庭では仕事に疲れた夫を癒《いや》し、あらゆる家事スキルと女のスキルで支えるんや！　うちはそのためにあらゆる花嫁修業を積んできたんやで！」

「あらゆる支えをしてくれる……か」

「そう、仕事でも、女としても、や！」

桃花ちゃんが拳をぶんぶん振り回しながら、さらに力説。

「女として……」

僕は反射的につぶやいた後で、なんとなく刺激的な想像をしてしまい、全身がかあっと熱くなった。

「ふ、夫婦としての、その、そういうことも……うちはちゃんと勉強して……あわわ、だから、えっとっ、耳学問やけど……あわわ」

桃花《とうか》ちゃんが頬《ほお》を真っ赤に染めて早口で叫ぶ。

彼女なりに精一杯背伸びしているのが伝わってくる。すごく健気《けなげ》だ。

「……私だってちゃんと……よ、夜の生活をこなしてみせますっ。……初めてだからよく分からないけど……せ、先輩がリードしてくれるんですよねっ？」

普段は凛《りん》としている真由《まゆ》ちゃんもさすがに恥ずかしがっている。

っていうか、二人に見つめられる僕のほうが恥ずかしいんだけど……。

さっき言った、夜の生活って……!?

それってつまり、そういうこと……だよね!?

余りにも刺激的な言葉に、想像するだけで体温が一気に急上昇する。

うう、頭がくらくらして、目の前がぼやけてきたよ。

「お望みなら、今からでもお相手しますよ、先輩？」

かすむ視界の中で、真由ちゃんが頬を染めながらも妖《あや》しいほほ笑みを浮かべる。僕を見つめる潤んだ瞳《ひとみ》がやけに艶《つや》っぽかった。

「これからずっと一緒なんですから、早く慣れてしまいましょ？」

「ち、ちょっと待って、僕らはまだ高校生なわけだし……だから、えっと……」

「あら、私たちは夫婦でしょう？」

真由ちゃんが体をくねらせながら体をすり寄せた。

「ちょっと待ったーっ、雪人《ゆきと》はうちの夫や！」

負けじと、反対側から桃花ちゃんがすり寄ってきた。

「うわぁっ……！」

左右から二人に体を寄せられ、僕は柔らかな感触でサンドイッチにされる。

むにゅっ、むにゅぅっ。

真由ちゃんや桃花ちゃんの胸の弾力が、左右の二の腕に心地よくぶつかってくる。

同時に、二人の体からは瑞々《みずみず》しい果物みたいないい匂《にお》いが漂ってくる。

しかもさっきの『夜の生活』なんて単語が頭の中をちらついて、腕や肩、太ももに当たる二人の柔らかな体の感触を必要以上に意識してしまう。

どっちかと結婚したら、そういう行為を――。

「先輩もその気になっている顔ですね。私、先輩になら……純潔を捧《ささ》げる覚悟はできてますっ……！」

自分で言ったその台詞《せりふ》に、耳の付け根まで真っ赤にした。

ぷりんとした唇《くちびる》も小刻みに震えている。

「う、うちかて……妻として、し、初夜を迎える覚悟はいつでもっ……！」

一方の桃花ちゃんもテンパった様子で、でも真剣なまなざしで僕を見つめていた。

さらに、

「あれ～？　雪人《ゆきと》くん、あたしにえっちなことしたいんだ？」

柚子《ゆず》さんに指摘されてドキッと心臓の鼓動が跳ね上がった。

「あたしたちを見る目がちょっとやらし～」

「ふふ、先輩もやっとその気になってくれたんですね」

「男らしいとこ、見せてや雪人。や、優しくしてくれると、嬉《うれ》しいかな……って」

真由ちゃんと桃花ちゃんが同時に顔を寄せてくる。

ち、ちょっと近すぎない⁉

このままだと唇《くちびる》が当たってしまいそうなほど顔が近づいている。

今や僕の心臓はいつ破れてもおかしくないくらいに鼓動を速め――、

「顔真っ赤っかだよ～。あはは、雪人くんのえっち～」

そんな僕の姿を見て、柚子さんは一人で面白がっていた。

――正妻の座は渡さない、とばかりに火花を散らす二人の女の子と、我関せずの女の子。

僕、真崎《まさき》雪人と彼女たちが織り成すこの話の発端は、ほんの少し前にさかのぼる。

正妻の座は渡さない!

I don't give anyone position of legal wife!

I don't give anyone position of legal wife!

sect. 1

妻宣言は突然に

「お前、またそんなもん見てるの？」

通学路を歩いていると、クラスメイトの雨宮《あめみや》が話しかけてきた。

一年生のときに同じクラスになって以来の付き合いで、僕の家庭事情のことをある程度知っている。それでいて同情するでもなく好奇の目で見るでもなく、ごく自然体に接してくれる数少ない友だちだった。

「今日は特売日のスーパーが三つもあるんだよ。どの組み合わせが一番安いかちゃんと考えないと」

答えつつ、僕の視線はスーパーの特売チラシの端から端まで往復している。

登校しながらのチラシチェックは僕の日課なのだ。

うちの家計は正直言って苦しい。

父さんは僕が小さいころに他界し、母さんが女手一つで僕を育ててくれていた。

その母さんは毎日夜遅くまで働いているけど、何せこの不景気の世の中、あまり給料がいいとは言えなかった。

しかも母さんは経済感覚がけっこうアレな人で、放っておくと我が家の経済事情はあっという間に火の車。

なので我が家の家計は僕が必死にやりくりしているのが現状だった。

少しでも安い食材があれば、西へ東へとスーパーを奔走《ほんそう》。朝昼晩と節約レシピの連発。光熱費は一円でも安く。授業の合間にはひたすら内職。

　それが僕の日常だ。

「肉が一番安いのはここなんだけど野菜類は断然こっちがお得。ただ魚だけはここが一番お手ごろ価格でしょ」

「いや俺に同意を求められても……」

　困ったような苦笑いを浮かべる雨宮。

「倹約《けんやく》第一」

「もはや主婦だな」

　胸を張る僕に、雨宮がさらに苦笑した。

「家計のやりくりに一生懸命《いっしょうけんめい》なのは偉いけどさ。もっとこう……女の子とかにも興味を持たないと干《ひ》からびちまうぞ。健全な男子高校生なんだからさ」

　そう言われても、特に高校に入ってからは学費もかかるし、ますます大変なんだ。

　女の子に目を向ける余裕は、あまりない。

「興味のある子とかいねーの？　あ、そういえば新入生にめちゃくちゃ可愛《かわい》い子がいるらしいな」

「ふーん、そうなんだ」

　雨宮の情報を聞き流しながら、チラシのほうに目を走らせる僕。

タイムサービスの時間にズレがあるから、そこを計算して各店舗のルート取りを――。

「夏瀬《なつせ》真由《まゆ》っていう名前なんだけ――」

「えっ⁉」

その名前を聞いたとたん、僕は顔を上げた。

心臓の鼓動がどくんと跳ね上がる。

雨宮《あめみや》がにやりと笑った。

「お、ようやく興味を示したか」

「夏瀬さんって季菜《きな》高にいるの？」

僕は声を上ずらせながら雨宮に詰め寄った。

「いるも何もかなり噂《うわさ》になってるぞ。新入生ナンバーワンだって」

「夏瀬さんが……」

僕が呆然《ぼうぜん》とつぶやくと、

「呼びました？」

涼やかな声とともに、僕らの前に一人の女の子が現れる。

風に揺れるストレートロングの黒い髪。

意志の強そうな瞳《ひとみ》は、興味深げに僕を見つめている。

「な、夏瀬……さん……！」

一方の僕は、久しぶりに目にした彼女の美貌《びぼう》に息を呑《の》んでいた。

会えなくなって以来、胸の奥にしまいこんでいた中学のころの憧《あこが》れやときめきが鮮やかに甦《よみがえ》り、甘酸《あまず》っぱく胸を締めつける。

「あ、先輩。こんにちは。中学以来ですね」

歯切れのよい声であいさつしてくる夏瀬さん。

「ホントに夏瀬さんここに入学してたんだ……」

つぶやきながら、僕の視線は落ち着きなく中空をさ迷う。

突然の再会に驚くあまり、目の前の現実をまだ呑みこめていなかった。

「ふふ、また先輩後輩ですね。よろしくお願いします」

「ち、ちょっと待て」

雨宮も驚いたように割って入り、僕と彼女を交互に見た。

「えっ、お前らって知り合いなの？」

「う、うん、中学のときの後輩なんだ」

という返答に、

「羨《うらや》ましいっ！」

ものすごい勢いで食いついてきた。

「ってか、知り合いなら紹介してくれ、今すぐしてくれ、さあしてくれ！」

「が、がっつきすぎだよ」

目を血走らせ、唾《つば》を飛ばしながら叫ぶ雨宮《あめみや》に、僕はたじたじとなった。

「これががっつかずにいられるか！　あの夏瀬真由《なつせまゆ》だぞ。中学時代から超有名な美少女だぞ」

「そ、そんなに有名だったんだ、夏瀬さんって」

「有名だなんて。言いすぎですよ」

くすりと笑う夏瀬さん。

ああ、変わってない。

彼女はこんな風に、ちょっと悪戯《いたずら》っぽく笑う娘《こ》だった。

「それはそうと、先輩にお話したいことがあるんです」

「話？」

なんだろう、あらたまって？

僕はキョトンとして彼女を見つめる。

「人目のあるところでは……ちょっと」

ちらっと雨宮を見た夏瀬さんは、それから僕に顔を近づけ、耳元でそっとささやいた。

「……中庭まで来てもらえませんか？　二人っきりで、大切なお話が」

どくんと心臓が鼓動を速めた。

「大切な話……？」

恋の告白、という単語が反射的に頭の中に浮かんだ。

「いやいやいや」

いくらなんでも、夏瀬《なつせ》さんが僕に告白なんてないから。ありえないから。

だから期待なんてこれっぽっちもしてない。

…………。

……うん、してない。

し、してないったら、してないっ！

「やだなー、違いますよ」

テンパった僕を見て、夏瀬さんは長い髪を揺らしながら首を横に振る。

僕が抱いたほんのわずかな、ささやかな希望を打ち砕くようにくすくすと笑った。

「今、恋の告白だって思ったでしょ？」

「お、思ってないよ⁉」

否定しつつも声が裏返ってしまうのは抑えられなかった。

「言っておきますけど、そういうのじゃないですからね」

夏瀬さんは眉間《みけん》をわずかに寄せ、念を押した。

「そ、そうだよね、あはは」

乾いた声で笑みを返す僕。

こんな可愛《かわい》い子が僕に告白なんてするわけないよね……。

内心で深々とため息をつく。


それにしても夏瀬さんに会うのは久しぶりだった。こうやって話すのは一年半ぶりくらいかな？

ふと見上げれば、頭上からはちらほらと桜吹雪《ふぶき》が舞っていた。

そろそろ桜が散るころなんだな……。

——そう、初めて会ったときもこんなふうに桜が舞い散るころだった。


その女の子に気づいたのは、僕が中学校の通学路を歩いていたときだった。

両脇《りょうわき》に桜が並ぶ並木道の端にしゃがみこんでいる彼女は、

「どうしよう……見つからない」

制服が泥で汚れるのも構わず、何かを探しているみたいだ。

ものすごく真剣な表情で木陰や桜の花びらの下などを探しては、ときどき困り果てたように
ため息をつく。

なんとも必死なその様子に、僕は彼女の傍《そば》に駆け寄った。

「探し物？」

「ストラップを落としちゃって」

顔を上げたその娘《こ》は、息を呑《の》むほどの美少女だった。

肩くらいまでの黒い髪はサラサラとした清潔感にあふれていて、可愛《かわい》らしい顔立ちを彩って
いる。

つぶらな瞳《ひとみ》は意志が強そうな光を宿し、それでいて柔らかな気品をたたえていた。

ブレザーの腕章の色を見ると新入生みたいだ。

「よかったら僕も探そうか？」

言うなり、返事を待たずに探し出す僕。

「あ、でも悪いですし——」

彼女は申し訳なさそうな声になったけど、僕はかまわず探し続ける。

側《そば》に寄ると、彼女から花のような香りが漂ってきたり、軽く肩が触れ合ったりして、ついド
ギマギしてしまう。

いや、とにかく今は彼女のストラップを探さなきゃ。困ってるみたいだし。

ともすれば高まりそうになる胸の鼓動を抑え、僕は周囲を探すことに集中した。

地面に散らばる桜の花びらの間や石ころの陰、木の根元など、ストラップが落ちていそうなところを一つ一つ見回る。

「……うーん、そんな遠くまで転がっていくようなものでもないだろうし」

見逃しているかもしれないとふたたび桜の花びらの間を見て回る。

ふと顔を上げると、すぐ前方に彼女がいた。

しゃがみこんで、僕と同じように花びらの間を探している。

「えっ……!?」

スカートと太ももの付け根が形作る三角形の隙間《すきま》に、わずかに、だが確かに白いものが見えた――気がした。

「うわわっ……！」

大慌てで視線を地面まで下げ直し、探し物を続行する。

い、今、見えちゃった……よね？

胸がドキドキしすぎて心臓が痛くなった。

一瞬だったけど、あの白いのは彼女の――。

「……って、違う違う。探し物探し物」

かあっと燃え上がりそうな頭の中を、理性を総動員して立て直すと、僕はストラップ探しになんとか集中しようとする。

と、今度は指先に柔らかなものが触れた。

「あ……」

彼女の驚いたような声が涼やかな鈴みたいに響《ひび》く。

僕が花びらをどけようとしたところで、ちょうど彼女の手と触れ合ったのだ。

「ご、ごめん」

顔を上げると、彼女は頬《ほお》をかすかな林檎《りんご》色《いろ》に染めて、「いえ……」と吐息混じりに言った。

それからしばらくの間、二人で周囲を探し回ったけど、ストラップらしきものは見つからなかった。

「……もういいですよ。この辺はあらかた探しましたし」

彼女は物憂げなため息とともに言うと、僕に向かって深々と頭を下げた。

「ごめんなさい、時間を取らせちゃいましたね。先輩、遅刻しちゃいますよ？」

「そう言われても、乗りかかった船だし」

そんな彼女の悲しげな顔を見ては、放《ほう》っておけなかった。

どうしても見つけてあげたい、って気持ちになってしまう。

まだ探していないところを考えて、僕は側溝の上蓋《うわぶた》を上げて中を覗《のぞ》きこんだ。

やっぱり、見つからない。

中に溜《た》まった花びらの山をかき分けてみる。

ここにも、ない。

——いや！

よく目をこらすと、花びらの隙間《すきま》で何かが光っていた。

「もしかして、これ？」

拾い上げたそれは、アニメ調の猫をあしらったストラップだった。

「あ、それです！　見つかってよかった！」

彼女は喜びと安堵《あんど》の表情でふうっと息をついた。

泥を払ってからストラップを手渡す。

「昔、旅行に行ったときにお母さんから買ってもらって……ずっと大事にしてたんです」

彼女は本当に大切そうにストラップを両手で包みこんだ。

「私、夏瀬真由《なつせまゆ》です。見つけてくれてありがとうございました」

歯切れのよい口調でにっこりとお礼を言う彼女——夏瀬さん。

その笑顔があまりにも明るくて、あまりにも晴れやかで。

心が熱くなるのを感じた。

胸の中で、心臓が踊り跳ねているみたいだ。

僕は言葉を返すことすらできず、丁寧に頭を下げて去っていく夏瀬さんの後ろ姿を見送っていた。

女の子に対してこんなにも胸がときめいたのは生まれて初めての経験だった。

――それが彼女、夏瀬《なつせ》真由《まゆ》との出会いだった。

同じ図書委員だったこともあり、その後も僕と夏瀬さんは委員会でたびたび顔を合わせるようになった。

「先輩はどうして図書委員になったんですか？」

「図書室の雰囲気が好きだから……かな。ほら、静かだし、落ち着くし」

「図書室が好きだから図書委員……ですか？」

きょとんと首をかしげ、不思議そうに僕を見つめる夏瀬さん。

深い色をたたえた瞳《ひとみ》にジッと見つめられるだけで、胸がどんどん高鳴っていく。

「へ、変かな……」

「そんなことないですよ。なんだか先輩らしい気がします」

「夏瀬さんは？」

「先輩に会いたかったから」

「えっ!?」

さらりと告げた夏瀬さんの言葉に、僕の胸の鼓動はさっきまでとは比べ物にならないくらい高まった。

ち、ちょっと、いきなり何言ってるんだ、この娘《こ》⁉

「――なんて言ったらどうします？」

くすりと悪戯《いたずら》っぽく笑う夏瀬さん。

どうやら冗談だったらしい。

「い、いきなり何言い出すんだよ、夏瀬さん……」

平静を装おうとしつつも、僕は完全にテンパっていた。

一事が万事、僕らはこんな感じだった。

クラスでも目立たず、おとなしいほうの僕。

明るく溌剌《はつらつ》としてしっかり者の夏瀬さん。

対照的な僕らだったけど妙にウマがあった。

彼女の明るさに触れていると、こっちまで気持ちが明るく晴れていく。

彼女が笑っていると、釣られて僕も笑顔になれる。

僕は夏瀬さんに少しずつ惹《ひ》かれていくのを自覚していた。

後から聞いたとあるジンクスも、そんな気持ちを後押ししたのかもしれない。

僕らが出会った並木道には『一緒に探し物を見つけた男女はカップルになる』というジンク

スがあったんだ。

そして、中三の夏。

僕はそのとき高校への進学を考えていたんだけど、当時から家計が苦しくて、結局断念しようとしていた。

卒業したら就職して家計を助けよう、って。

でも、まだ迷っていた。

「三年生はそろそろ受験の準備を進めてるんでしょう？ 先輩はどこを受けるんですか？」

図書委員会で顔を合わせた夏瀬《なつせ》さんが、そんなことを聞いてきた。

「うーん、まだ迷ってて」

「季菜《きな》高が評判いいですよ。人気がある分、倍率も高いみたいですけどね」

「あ、いや、そもそも進学するかどうかを迷ってるんだ」

彼女の言葉に、ため息混じりに首を振る僕。

「家のことを考えると、就職したほうがいいのかな、って」

僕は、家計を助けるために進学を諦《あきら》めようとしていることを説明した。

説明しながら、心はますます揺れる。

進学への未練を断ち切れていないのが自分でも分かった。

「いいんじゃないですか？　たまには自分の意志を優先しても」

揺れる僕の気持ちを後押しするように、夏瀬さんがほほ笑む。

「母さんはずっと夜遅くまで働いていて、一人で僕を育ててくれて……だから、これ以上迷惑かけたくないっていうか」

「先輩はずっと『家のため、家のため』って他の人みたいに遊ばずに、内職ばっかりしてたじゃないですか。こういう大事なことくらいは、自分の意志で決めてもいいと思います」

自分の意志で――その言葉にハッとなる。

いつの間にか、僕は家のことだけを優先し、自分のやりたいことを自分で決める、っていう考えを放棄していたのかもしれない。

夏瀬さんに言われて、初めて自覚する。

近視眼的になっていた自分には気づけなかった、もう一つの選択肢を。

「家のために、自分の人生を全部決めちゃうなんて……寂しいです」

そうつぶやく夏瀬さんの横顔がやけに寂しそうだったのは、今でもはっきり覚えている。

「……ありがとう、夏瀬さん。おかげで大事なことに気づけた気がする。僕が目を逸《そ》らしてしまっていたことに――」

僕が力強くうなずくと、ようやく彼女の顔が笑みの形に綻《ほころ》んだ。

結局、彼女に勇気づけられて僕は高校に進学した。

中学を卒業してからは、彼女と会う機会は完全になくなった。

会いたいと思う気持ちはあったけど、僕には中学まで訪ねていく勇気もなく、その口実も見つけられず――自然と疎遠になってしまった。

だけど僕の中では、夏瀬《なつせ》さんへの淡い想いが消えずに、ずっと燻《くすぶ》り続けていたんだ。


……なんて中学時代のことを思い出しているうちに、僕らは学校にたどり着いていた。

私立季菜《きな》高校。

御神財閥《みかみざいばつ》っていう日本有数の財閥が各地に立てた高校の一つで、施設が充実している割に学費が格安ということで人気の高校だ。

実際、人気の高さに比例して入試の倍率もすごく高くて、よく合格できたなって感じだった。

でも、こんなに学費が安いと施設の維持費だけで赤字になるんじゃないかな？　ちゃんと採算は取れるんだろうか……なんて、立派な門構えの校門を通りながら、つい考えてしまう。

「なんでお前ばっかり」「裏切り者」「リア充は死刑だ」

「ごめん。先に行ってて、雨宮《あめみや》……」

さんざん罵倒《ばとう》する雨宮に別れを告げ、僕は夏瀬さんと校門から中庭に移動する。

辺りには桜吹雪《ふぶき》が舞い散っていた。

恋の告白には絶好のロケーションかもしれない。

告白じゃないですから、と夏瀬さんから言われていても、ドギマギしてしまうのは男の子のサガだろうか。

し、静まれ、僕の胸の鼓動っ……！

自分に言い聞かせつつ、僕は沈黙に耐えきれずに口を開く。

「えっと、は、話って何？」

思わず声が上ずってしまった。

「…………」

返答がない。

「夏瀬さん？」

その夏瀬さんは眉間《みけん》を険しく寄せ、やけに怖い顔だ。

沈黙だけが流れ、だんだん不安になってきた。

もしかして僕、何か前に気に障《さわ》ることをしちゃってたんだろうか？

「先輩とこうして話すの、久しぶりですね」

やがて、ふうっと息を吐き出した夏瀬さんは、ようやく険しい表情を解いた。それでも、どこか気持ちが張り詰めた様子で僕を見すえている。

「中三の夏休み前くらいまでは、ときどき話してたのにね」

そう、夏瀬さんのおかげで僕は進学を決意できたんだ。今でも感謝している。

だけど、夏休み前くらいから急に彼女と会えなくなった。

図書委員会があっても、彼女が欠席していたり。学校の廊下で会っても、急用があるって言って去っていったり。

もしかして避けられてるんじゃないか、って勘ぐってしまうくらいだった。

そんなことが積み重なり、やがて、ほとんど話すこともなくなったまま僕は中学を卒業した。高校に入ってからは出会う機会すらなかった。

顔を合わせて話すのは、本当に久しぶりだ。

「私たちはただの先輩と後輩……それ以上でも以下でもありませんでした。委員会みたいな場がなければ会う機会がないし、夏休みが終わってからは話すことすらなかったですよね」

「う、うん……」

夏瀬さんの話の意図がつかめないながらも、うなずく僕。

「だけど、これからはたくさん会えます。たくさんのことを話せます。いいえ、話したいんです、私。先輩と」

そっか、僕が夏瀬《なつせ》さんに会いたいと思っていたみたいに、彼女も僕に会って話したかったんだ。気持ちが通じ合えたみたいで嬉《うれ》しいな。

「同じ高校だし、また前みたいに話せるよ」

「そういう意味じゃないんです……」

そう言って大きく深呼吸する夏瀬さん。

頬《ほお》が薄くピンク色に染まっていく。

どうしよう、ますますドキドキしてきた。

いや、誤解しちゃダメだ。

さっき夏瀬さん自身が言ってたじゃないか。恋の告白なんかじゃない、って。

「これからは夫婦になりますから」

ほら、告白なんかじゃなかった。

ずっと前から好きでした、とか、付き合ってください、なんてワードは微塵《みじん》も入っていない。

夫婦になります、だもんね。

「…………ん？」

夫婦、って言った？　今？

「婚姻《こんいん》関係を結ぶということです」

「えっ？　えっ？　夫婦!?」

彼氏彼女とかすっ飛ばして夫婦なんて言われても、意味不明すぎる急展開についていけない。

「夏瀬《なつせ》さん、いくらなんでもそういう冗談は――」

「ま・ゆ♪」

ずいっと顔を近づけてくる夏瀬さんとの距離は、わずかに数十センチメートル。か、顔近すぎだよ!?

甘い果物みたいな香りが漂ってきてドキッとしてしまう。

夏瀬さんは悪戯《いたずら》っぽいほほ笑みを浮かべていた。

「夫婦になったら同じ名字になるんですから。妻を旧姓で呼ぶなんて変でしょ」

明らかに本気の口調でそう言いだす。

「旧姓って……」

僕は思考がついて行かず、おうむ返しにつぶやくのが精いっぱいだ。

「今のうちから慣れておいたほうがいいと思うんです」

至近距離からじいいいっと見つめられて、僕は言葉を返せなくなった。

息が詰まり、心臓がバクバクいってる。

「いや、そもそも夫婦になるって意味が分からな――」

「ちゃんと名前で呼んでくださいね？」

僕の言葉をさえぎって、さらに一歩近づいてくる夏瀬さん。

さっきから冗談めかした口調だけど、目だけは笑っていない。

本気だ。

本気で、夏瀬さんは僕と夫婦になる気だ。

なんでそうなったかは分からないけど、反論を許さないだけの眼力が夏瀬さんの視線には宿っていた。

じいっと見つめられ続けて、僕は恥ずかしさをこらえながら小さくつぶやいた。

「ま、真由《まゆ》……ちゃん……」

「はい、よくできました」

なんだか先生が生徒を褒《ほ》めるときみたいな口調で優しく言う真由ちゃん。

これじゃどっちが先輩だか分かりやしない。

「というわけで、今日からは妻として、夏瀬真由を——いえ、真崎《まさき》真由をよろしくお願いしますね、あ・な・た♡」

そう言って、ぱちりとウインクをした真由ちゃんは軽やかに去っていった。

「妻って……」

置いてけぼりにされながらも、あまりにも唐突な宣言に僕は嬉《うれ》しいとか驚くとかよりも、ただ呆気《あっけ》にとられ続けていた。


「どういうつもりなんだろう、妻だなんて……」

今朝の告白のせいで授業の内容がまったく頭に入らないまま、昼休みになった。

だって妻だよ、妻。

恋の告白じゃない、とは言ってたけど、まさか求婚されるとは思わなかった。

いや、想像もしてなかった。

でも、あの真由《まゆ》ちゃんの真剣な表情は嘘《うそ》だとは、とても思えなくて。

あの並木道で一緒に探し物をした男女は必ず結ばれる——。

中学のときに聞いた恋のジンクスは本当だったんだろうか？

僕と真由ちゃんは結ばれる運命の——。

頬《ほお》がかあっと熱くなった。

運命の相手……なんだか照れてしまうというか、あんな可愛《かわい》い子から妻宣言されちゃうなんて、これはやっぱり運命ってことなんじゃ……。あ、いやいや、でも真由ちゃん流の冗談だったのかもしれないし……あんまり浮かれてると笑われちゃうかな……。

今も思考がぐるぐる回っている。

気がつけば、僕は一年生の教室が並ぶ二階の廊下を歩いていた。

別に真由ちゃんに会いに来たわけじゃないんだ。

今日は図書委員の当番だから、二階の図書室に向かおうとしてるだけだ。

でも、偶然出くわすことを期待してないといえば嘘になる。

もし会えたなら、彼女に真意を聞きたいとは思っていた。

でも正面から聞く勇気もないし、どうしよう――。

「えーまた夏瀬《なつせ》さんがやらかしたの？」

「そうそう、手の込んだドッキリ仕掛けてさ……」

ふいに聞こえてきた女子生徒同士の会話に、僕は反射的に振り返った。

今のって真由ちゃんのことだよね？

「登校したら、校庭にミステリーサークルとナスカの地上絵ができてたことあったよねー。あれ、全部夏瀬さんの仕業《しわざ》だって」

「あったあった。宇宙人が攻めてきたって校内放送流して、特殊部隊のコスプレした生徒たちを教室に突入させたこともあったっけ」

そんな大がかりな悪戯《いたずら》をしたの、真由ちゃん!?

「本当に宇宙戦争が始まるのかと思ったよねー。あれ、けっこうお金かかってそう」

「あー、ほら、あの子って御神財閥《みかみざいばつ》の……」

真由《まゆ》ちゃんに関する噂話《うわさばなし》は尽きないようで、そう言いつつ遠ざかっていく女子生徒たち。

し、知らなかった、真由ちゃんがそんなことをしたなんて。お茶目とか悪戯《いたずら》好きというレベルを完全に超えてるよ！

……ん、待てよ。

「そっか。なるほど、ドッキリだ」

そう考えれば、今朝の告白のことも腑《ふ》に落ちる。

確かに、いくらなんでも真由ちゃんみたいな可愛《かわい》い子が、僕に告白を飛び越えて結婚してほしいとかおかしいもんね。

僕は深々とため息をつくと、図書室に向かいふたたび歩き出した。

――だから気づかなかった。

一年生の教室から、真由ちゃんが僕をジッと見ていたことを。

※　※　※

結局、あれはドッキリだったのか、それとも――。

いったんはそう結論づけたものの、結局分からないまま翌日の朝を迎え、僕はモヤモヤとした気持ちを抱えながら登校した。

「転校生を紹介する。那和坂《なわさか》、入ってこい」

ホームルームが始まると、担任に促されて一人の生徒が教室の中に入ってきた。

リズミカルにひるがえるポニーテールにした茶髪。涼しげな切れ長の瞳《ひとみ》。薄桃色の唇《くちびる》。

「おおおおおおおおおおっ!?」

教室中がどよめきに包まれる。

先生の隣に並んで黒板の前に立ったその女子生徒は、真由《まゆ》ちゃんとはまた違ったタイプの、だけど負けず劣らずの美少女だった。

「髪きれい……」

「顔ちっちゃい……」

「スタイルいいなぁ……」

男どもの感嘆のつぶやきがいくつも重なり、教室内でサラウンド状態になる。

「那和坂桃花《とうか》言います。よろしくお願いします」

ポニーテールをひらめかせて、丁寧に頭を下げる那和坂さん。

彼女のアクセントは聞きなれない大阪弁だった。

と、前の席に座っている雨宮《あめみや》が突然振り返り、僕を見て意味ありげに笑う。

「何にやけてるんだよ、真崎《まさき》」

「に、にやけてないよ」

否定しつつも、頬《ほお》の辺りが引きつってしまう。

雨宮《あめみや》はますますニヤニヤとして、

「女の子に興味ないくせに」

「興味がないわけじゃないってば」

確かに彼女は美人だと思うけど、他の男子生徒みたいに騒ぐのは、なんだか……真由《まゆ》ちゃんへの裏切りのような気がちょっとしたんだ。

いや、あれはドッキリだったんだと思うけど、でも……。

押し黙ってしまった僕を見て、雨宮は何を誤解したのかジト目になる。

「いや、あんなに可愛《かわい》い娘《こ》を見て、色めき立たないのはおかしい。男としておかしい。それとも——まさか女より男に興味があるのか」

「なんでだよ⁉」

声を上げたそのとき、背筋が凍るような気配を感じて振り向くと、那和坂《なわさか》さんが僕を見下ろしていた。

「な、何……⁉」

「うちの席、そこに決まったそうやから」

言って、ちょうど空席だった僕の隣に座る那和坂さん。

僕はその横顔に視線を走らせる。

ポニーテールにまとめた艶《つや》のある茶色の髪。

釣り目気味の、形のよい切れ長の瞳《ひとみ》。

あらためて見ると、すごく凛《りん》とした美人さんだった。

これから隣の席になるかと思うと、なんだか緊張しちゃうな。

でも、これからは隣同士なんだし仲良くしなきゃ。それに彼女だって転校したばかりで緊張してるだろうし。

僕は勇気を振り絞って、彼女に声をかけた。

「よ、よろしく、那和坂さん」

「……ふん」

しかし、那和坂さんはさっきまでの冷ややかな表情のまま僕をにらんでいる。

それから所在なげに視線をさ迷わせた。

どうしたんだろうと思って彼女の手元を見ると、ノートしか出ていない。

「あ、もしかして教科書、まだないの？」

「……うん」

険しい表情のままうなずく那和坂さん。

怒っているのか、これが地顔なのか分からないけど、なまじ美人なだけに迫力がすごい。

ごごごご、って背後からオーラが立ち上っているようにさえ見える。

そのオーラに気圧《けお》されつつも、僕はこわごわと続けた。

「……よかったら僕の、見る？」

「………………」

だから、なんでにらむの、那和坂《なわさか》さん⁉

「おべんとおべんと♪」

昼休みになり、さっきまでとは打って変わって那和坂さんが声を弾ませる。鼻歌混じりに、いそいそと机の上に弁当を出した。

「……って、お昼ごはん、たこ焼きなんだ⁉」

小さな弁当箱の中は、その容積のほとんどをたこ焼きが占めていた。その脇《わき》に野菜の煮物やサラダなどが申し訳程度に入っている。

「たこ焼きを弁当にしたらあかんの？」

じろり、とにらまれた。

こ、怖い！

女子はほとんどグループになって食べているけど、那和坂さんは一人きりだ。美人すぎて近寄りがたいんだろうか。

皆、興味はありつつも話しかけられないっていう雰囲気だったところに、不穏なことを言ったせいで、もしかしたら那和坂さんの気に障《さわ》ったのかもしれない。

「たこ焼きは大阪人の魂や！　ソウルフードや！　これなしでは一日たりとも生きていけへん！」

熱弁する那和坂さんの背後に怪しげなタコのオーラが立ち上っている。

クールな女の子って印象だったけど、意外に熱血キャラなのかもしれない。

人は見かけによらないって言うしね。

「関東の人間は知らんかもしれへんけど、あっちではこういう弁当が主流なんやで？」

いやいや、僕、大阪に住んだことないけど、明らかにこれがあっちのお弁当のスタンダードだとは思えないよ。

ただ、そのたこ焼きから漂う香りは確かに美味《おい》しそうだった。

ごくりと喉《のど》が鳴る。

「…………」

また那和坂さんににらまれてしまった。

「……なんや、物欲しげに見て。一個だけならあげる」

言うなり、ふいに表情を和らげる那和坂《なわさか》さん。

怒った顔は迫力があるけど、意外と心根はいい娘《こ》かもしれない――なんて、あっさり思ってしまう安い僕。

僕は那和坂さんから新しいつまようじを受け取り、たこ焼きを一つ譲ってもらった。

青のりとソースが香ばしいそれを口に入れる。

「どう……？」

感想が気になるらしく、上目遣いに僕を見上げる那和坂さん。

「ん、美味《おい》しい！」

これが本場の味なのか、あるいは那和坂さんが上手《じょうず》なのか。そのたこ焼きはひたすら美味しかった。

外はこんがり焼けてふっくらと、中は蕩《とろ》けるように柔らかい。タコは大きく食べごたえがあって、出来立てじゃないのに、この美味しさはすごい。

今まで食べた中でも、このたこ焼きは文句なくナンバーワンの味だと思う。

「自家製のタレ使《つこ》てるからな」

「凝ってるんだね」

「こだわりのタレや。一度この味を知ったら、市販のソースなんて使われへん」

素直な僕の感想に気をよくしたのか、那和坂さんは胸を張って解説モードに入る。

その拍子に、形よく膨らんだ胸元が緩やかに揺れた。

ごくりと息を呑《の》みつつ、そっと目を逸《そ》らす。

「うちの実家はたこ焼きのチェーン店もやってるからな。『黄金だこ』っていう店なんやけど知ってる？　確か駅前に系列店があったはずや」

へえ、実家が商売やってるのか、と驚きつつ、

「あれ、那和坂さんの実家の系列なんだ」

まだちょっとだけ残ってるドギマギを隠し、僕は平静を装った。

「他にも色々やってるけどな。那和坂家は御神財閥《みかみざいばつ》の分家筋の中でも食品部門を統括してるから……」

「御神財閥ってすごいお金持ちだよね。そこの一族なんだ？　へえ、すごいな」

「すごいって……何言うてるん？」

言っている意味が分からないといった様子で、キョトンとした顔をする那和坂さん。

ん、僕何か変なこと言ったかな？

「あ、もう一個食べる？　お近づきのしるしに特別サービスや」

キョトンとしつつもたこ焼きを勧めてくれる那和坂さん。

最初のころの冷然とした態度は、すでになかった。

なんだか、たこ焼きのおかげで打ち解けられた気がして嬉《うれ》しい。

「ありがとう。じゃあ——」

その好意に甘えて、二つ目を口に入れる僕。

うん最高だ、このたこ焼き。

那和坂《なわさか》さんも和やかな表情で、僕が食べる様子を見つめている。

「いやー、美味《おい》しかった。また食べたいな」

「っ……！」

その瞬間、ぼんっと音を立てそうな勢いで那和坂さんの顔が真っ赤に染まった。

「そ、それはあれか……君のお味噌汁《みそしる》を毎日食べたい的な……いきなり、プ、プロポ……い、いやいや、何言うてるんや、うち……」

ツンツンしてるように見えてたけど、意外と照れ屋だったのかも……。


放課後、僕は真由《まゆ》ちゃんの元へ向かっていた。

やっぱり昨日のことをちゃんと確かめておかなきゃ。ドッキリなんだろうけど、きちんと直接確認したほうがいいんじゃないかと思い直したのだ。

——これからは夫婦になります。

その言葉が昨日から頭の中でぐるぐる回りっぱなしだった。

噂《うわさ》通りに手の込んだドッキリを仕掛けただけなのか、それとも——。

もし本当にそうだったら……？

結婚というのは、彼氏彼女の関係とは決定的に違う。いきなり結婚なんて遠い世界の話だった。

二階に向かう階段を下りていると、ちょうどその真由ちゃんと踊り場で出くわした。

「こんにちは、先輩」

「あ、夏瀬《なつせ》さん」

会いに行こうとしていたとはいえ、いきなり出くわすとドキッとする。まだ心の準備ができていなかった。

「ま・ゆ、ですよ、先輩」

そんな僕をますますドギマギさせるように、人差し指を立ててにっこり笑う真由ちゃん。

「君だって僕のこと先輩って呼んでるじゃないか」

「あら、雪人《ゆきと》さんって呼んだほうがいいんでしょうか？　それとも『あ・な・た♡』のほうがいいですか？」

小悪魔《こあくま》的ほほ笑みをたたえて顔を近づけた真由ちゃんがささやいた。

甘い息が吹きかかり、全身がぞくりとする。

「せ、先輩でいいよ。恥ずかしいし……」

「分かりました。でも私のことは真由《まゆ》って呼んでくださいね。約束ですよ？」

ささやき声とともに、また甘い息がかかって僕の鼻をくすぐる。

「そんなの不公平だよ」

「約束、ですよ？」

「……う、うん」

逆らいきれずにうなずく僕。

いいように翻弄《ほんろう》されてるなぁ。我ながら情けない。

相手は年下の女の子なのに……。

「あの、昨日のことなんだけど。あれってドッキリ……だよね？　真由ちゃん、ドッキリを仕掛けるのが好きだって聞いたし」

僕はため息をつきながら話題を変えた。

すると、真由ちゃんが目をスッと細めて声色も堅くなる。

「――その様子だと、まだ連絡は来てないみたいですね」

「連絡？」

「秘密です」

なんの話だろうと思った僕に、いつもの悪戯《いたずら》っぽい笑みを浮かべる真由ちゃん。

「いずれ分かりますよ」

「えっ？　えっ？」

戸惑う僕。

「きっとこれから大変だと思いますけど。いろいろと」

真由ちゃんがふいに笑みを消した。

同情するような、やけに真剣な顔で、

「頑張ってくださいね、先輩」

意味深な言葉が重なり、僕はさらに混乱する。

頭の中で考えがまとまらないまま、ほとんど反射的にたずねた。

「頑張る？　どういう意味……？」

「それも秘密です」

真由ちゃんは僕を意味ありげに見つめると、去っていった。

なんだったんだろう、一体。

「——って、僕、はぐらかされた!?」

結局、ドッキリだったの？

それともまさか本気で——。

たっぷり十秒は放心していた後、我に返って真由ちゃんを追う。

遠ざかる背中を追って、廊下の角を曲がって——。

「ひぁぁぁぁぁぁぁっ⁉」

妙な悲鳴がすぐ前から聞こえたかと思うと、僕は誰《だれ》かとぶつかっていた。

もつれ合うようにして、二人そろって派手に転がる。

「いたたた……」

全身が痺《しび》れるような鈍痛に顔をしかめる。

相手にのしかかった体勢だと気づき、僕は床に手をついて起き上がろうとした。

むにゅっ……。

「……ん？」

手のひらに伝わってきたのは、やたらと弾力があって気持ちのいい感触だった。

今まで感じたことのない素晴らしい感触に、つい確かめるごとくもう一度揉《も》んでしまう。

「いやぁぁぁっ、いくらなんでもまだ早いから！」

悲鳴とともに、どんっ、と下から思いっきり押しのけられた。

「えっ、那和坂《なわさか》さん⁉」

僕の目の前にはぷうっと頬《ほお》を膨らませた那和坂さんの姿があった。

両手で胸をかき抱くようにしている。

ん、胸……？

僕はあらためて自分の手を見下ろし、さっきの感触を思い出して、それからもう一度那和坂さんに視線を戻す。

真っ赤に上気した顔。軽く弾む胸元。

「あ、そのっ、い、いきなり現れんといて！　びっくりするやないの！」

胸元を押さえつつ、可愛《かわい》らしく抗議する那和坂さん。

「ご、ごめん」

自分がしでかしてしまったことをあらためて自覚し、僕は頭を下げて謝った。

那和坂さんはぷうっと頬を膨らませ、

「……まあ、うちが前方不注意やったんやけど」

「いや、それは僕もだよ。とにかく、ごめんね」

さらにもう一度頭を下げて、那和坂さんの傍《そば》を通り抜けようとする。

がしっ、と腕をつかまれた。

「ちゃう！　うちは、あんたに聞きたいことがあって来たんや！」

「僕に……？」

きょとんとして聞き返す。

「あんた、女の子に興味がないってほんま？」

ずいっと顔を近づける那和坂さん。朝のときと同じように僕を怖い顔でにらんでくる。

笑うと可愛いのに、こういう顔だと迫力たっぷりだ。

「あんたの前の席の子が言うてたやん。女の子に興味がない、って」

「ち、違うよ！　誤解だよっ」

確かに那和坂《なわさか》さんの席が決まる直前に、雨宮《あめみや》とそんな会話をした覚えがあるけど――。

それを聞いてたってこと⁉

「じゃあ、女の子にちゃんと興味あるんや？」

那和坂さんがおそるおそるといった感じでたずねる。

「ま、まあ、人並みには……たぶん」

「そっか……朝からそのことがずっと気になっとったんや。あー、よかった」

ホッとしたように息をつく那和坂さん。

その表情からは今までのような険《けん》が取れ、うっすらと笑みさえ浮かんでいた。

「女に興味がない男と上手《うま》くやっていけるんかな、って心配してたで」

そうこぼした那和坂さんは妙にわざとらしく咳払《せきばら》いをした。

「えー、こほん。本題に入るで」

「えっ、今までのは本題じゃなかったの？」

「あ、あ、あの、な」

しかし那和坂さんは僕の問いには答えず、なぜか声をうわずらせている。

視線もあっちこっちをさ迷ってるし、やけにテンパってるみたいだ。

「こ、こ、ここここ」

「こ、子どもっ……あ、あんた、子どもは好きっ……？」

「えっ⁉　何、唐突に⁉」

思わぬ方向の質問に、僕はすっとんきょうな声を上げてしまう。

意図がまったく分からない。

那和坂さんは返事もなく、食いつきそうな顔で僕を見つめていた。冗談なんて一かけらも混じっていなさそうな、真剣そのものな瞳《ひとみ》。

「いや、そんなに見つめられると、どういう顔していいか分からないよ……」

その迫力に思わず息を呑《の》んだ僕は、しばらく黙考し、

「まあ、子どもは割と好き……かな」

「ふむふむ……」

表紙にファンシーなクマさんやら黄色い小鳥さんやらが書かれた手帳を取り出し、メモをする那和坂さん。

「じゃあ次の質問。将来子どもができたら、教育方針は？」

「えっ、教育方針……？」

じいいいいいいいっ。

さらに食いつきそうな顔で僕を見つめる那和坂《なわさか》さん。

さっきからこの質問攻めはなんなんだろう？

さっぱり意味が分からないし、妙に具体的でなんだか怖い気もする。

「よく分からないんだけど、どうしてそんなこと——」

そう言うやいなや、

「ふむふむ、放任主義ってことやな」

「いやいやいや」

今のが僕の返答だと判断したらしく、したり顔で那和坂さんがまたメモを取る。

「そもそも、さっきからメモ取ってるのはどうして……」

「ええと、今日のために質問項目をメモしてきたんや。次は……あんた巨乳派？　貧乳派？

うちは平均くらいのサイズやから、もし巨乳派ならバストアップとか頑張らんと……」

「えっ、き、巨乳派とか言われても」

急にエロ系の質問に変わって戸惑う僕。

那和坂さんはハッとした顔で、

「ち、ちゃうねん！　うちは、そんなエッチなことが聞きたいわけやなくて、事前のリサーチが大事っちゅーか、だからその……」

ばたばたと両手を激しく振りながら、那和坂さんは必死に弁解していた。

「ほんま、ちゃうねん！　えっと、今のは……そう、クラスメイトや！　前の学校で同じクラスの子から聞いただけで、うちはそんな知識全然ないねん！」

「僕は別に——」

「信じて！　ほんまにないからっ！」

「わ、分かったから、落ち着いて」

なだめる僕の声も耳に入らないのか、那和坂さんは「あわわわ……」とうろたえている。

「ねえ、さっきからなんでそんなこと聞くの？」

「……傾向と対策や」

ようやく動揺から立ち直った那和坂さんは、さっきまでとは打って変わって妙にはっきりと答えた。

「えっ」

「よりよい夫婦生活のために——お互いを知ることが大切やろ？」

「ふうふせいかつ……？」

僕は思わず抑揚ゼロの声でおうむ返しにつぶやく。

なんだか、とてつもなくデジャブな台詞《せりふ》だった。

「婚姻届《こんいんとどけ》もここに用意してあるで。うちらが結婚できる年齢になったらすぐに……な？」

懐から一枚の紙を取り出す那和坂《なわさか》さん。

言葉通り、それは婚姻届だった。

ご丁寧にも『妻になる人』の欄には那和坂桃花《とうか》と記され、すでにハンコまで押してある。

照れたような笑みを浮かべる那和坂さんは、なんだかしおらしかった。出会ったときのツンケンした態度が嘘《うそ》みたいだ。

「新居は——御神《みかみ》家の当主には本宅の通称『天神御殿《てんじんごてん》』が用意されてるし、そこに住むってことでどうやろ？　うちも何回か行ったことあるけど、さすがに住み心地は抜群っぽいで」

「ど、どうって言われても……」

よく分からないことを並べ立てられ、僕はリアクションに困ってしまう。

「子どもはできれば二人……んー、それとも欲張って三人？　のびのびと育ってくれたらええし、あんまり干渉しないくらいで……あったかい家庭を作れたらええな、って」

「は、はあ……」

「とゆーわけで、これからうちはあんたの妻になるから。よろしくっ」

真由《まゆ》ちゃんに続いて那和坂さんまで——。

もしかして、これもドッキリの一部なんだろうか。

妙に冷静に分析する僕がいる。

「きゃぁぁぁぁぁっ、言うてしもた言うてしもた！」

那和坂さんは両手で顔を覆うと、すごい勢いで逃げだした。

「うち、恥ずかしいぃぃぃぃっ……！」

追いかける暇もない。

周囲の生徒たちが驚いたように、僕を——そして逃げていく那和坂さんを見ている。

「痴話《ちわ》ゲンカ……？」「あの男がさっきの娘《こ》に何か恥ずかしいことしたんじゃない……？」「おとなしそうな顔して大胆……」

ひそひそ、と周りから漏れ聞こえる憶測の数々。

い、いや、僕が何かしたわけじゃないからね！

周囲からの好奇の視線に耐えきれず、僕もその場から足早に立ち去った。

今、真由ちゃんを追いかけても、彼女まで周りから変なふうに見られちゃうかもしれないし、ここは出直そう。

※　※　※

『お話したいことがあります。昼休みに屋上で　青蓮院柚子《せいれんいんゆず》』

突然送られてきた携帯メールの文面を見て、僕は小さく息を吐き出した。

お話したいことって、一体なんだろう？

まさか、また恋の告白？

教室の喧騒《けんそう》を抜け出して屋上まで行くと、短い黒髪を風に揺らしながら、一人の女子生徒がフェンス際にたたずんでいた。

「あ、雪人《ゆきと》くんだ、やほー」

「えっと、青蓮院《せいれんいん》さん、お待たせしました」

「んー……」

口元に指先を当てて、彼女は何ごとかを考えている表情。

「あたしのことは『柚子《ゆず》』でいいよ～。青蓮院なんて長いし呼びにくいだろうし」

「そ、そうですか？　じゃあ……柚子、さん」

うっ、女の子を名前で呼ぶのはやっぱり恥ずかしいな。

彼女が僕にメールを出した張本人だった。

穏やかな顔立ちにショートカットがよく似合う彼女は、青蓮院柚子さん。

校内の噂《うわさ》で三年生にすごい美人がいるって聞いたことがあったけど、今まで面識はなかった。

「で、用って何ですか？　そもそも、どうして僕のメアドを知ってるんです？」

「んー……」

さっきと同じく口元に指先を当てて、何ごとかを考えている様子の柚子さん。

十秒経過。

二十秒経過。

三十秒――って、沈黙が長いよ⁉

「……えっと、なんです？」

「んー…………」

やけに反応がスローだ。

ぐう。

すると、柚子さんのお腹が鳴った。

「その前に腹ごしらえ……」

「へっ？」

いきなり何を言い出すんだろう、と僕は目を瞬《まばた》かせた。

「お菓子、買ってきて～」

にぱっと笑う柚子さん。

「なんでお菓子？　用ってそれですか？」

僕は呆然《ぼうぜん》と彼女を見つめる。

まさか告白されるんじゃ……とドギマギしたり、身構えたり、心が乱れていただけに、完全に肩透かしだ。

「お腹がすいたせいで、雪人《ゆきと》くんに何話そうとしてたか忘れちゃったの。食べたら思い出せるかも～」

「忘れちゃったって……だいたい、食べたら思い出せるんですか？」

「腹が減っては戦《いくさ》ができぬ」

「意味全然違うような」

「とにかく、お腹《なか》すいたの～」

手足をじたばたさせる柚子《ゆず》さん。

ああ、会話がかみ合ってないよ。どこにツッコんでいいのかも分からない。

「だいたい、なんで僕に買いにいかせようとするんですか」

「自分で買ってくるの、めんどくさいんだもの～。あとお茶もお願い～」

はふぅ、とため息をつく柚子さん。

ちょっとアンニュイなこの表情は、今までの呆然《ぼうぜん》とした気持ちが吹き飛ぶほどに魅力的だった。

目がトロンとしていて今にも眠りこけそうな顔だ。

あー、もう。しょうがないなぁ。

とっとお菓子を買ってくれれば、柚子さんは用件とやらを思い出してくれるかもしれない。

いや、冷静になるとその考えがすでに色々おかしいんだけど……。

とりあえず、僕は結局購買部までひとっ走りして、ポテチを二袋と自分用にペットボトル入りのお茶を買ってきた。

「わぁ、あたしこれ好きなの～。ありがとう」

柚子さんがにっこりと幸せそうな笑みを浮かべて、ポテチ二袋を受け取った。

まさしく天使の笑顔――。

初対面でパシらされたにもかかわらず、不覚にも心を揺さぶられる。

……って、いけない。ほだされてる場合じゃない。ちゃんと本題を聞き出さないと。

「そろそろ用件を思い出しました？」

「もぐもぐ、美味《お》し美味《い》し」

耳に届いてないみたいだ。もう一度たずねる。

「……それで、用件は？」

「美味しくて幸せ～、はふぅ」

目尻《めじり》が下がり、頰《ほお》が林檎色《りんごいろ》に染まり、ニコニコ顔で僕が買ってきた海苔《のり》バター味のポテチをぱくついている。

「あの、用件……」

……まあ、幸せそうに食べてるからいっか。

全然話が進まないながらも、嬉《うれ》しそうな柚子《ゆず》さんを見てついほっこりしてしまう僕。

とりあえず彼女が食べ終わるまで待とう。

「あ、もうなくなっちゃった……」

ようやく全部食べたのかと思ったら、柚子さんは袋を逆さまにして、底に残った細かいポテチまで全部口に入れていた。

ぽりぽりと実に幸せそうな顔で。

ま、まあ、食べ物を粗末にしないのはいいことだよね……。

ともあれ、ようやくこれで話を進められそうだ。

「柚子さん、そろそろ用件を――」

「あ、そうだね。思い出し……もぐもぐ……んぐっ」

やっと本題に入ったかと思ったら、今度は喉《のど》に詰まらせたらしい。

僕は一息つくため自分用に買っておいたペットボトルのお茶を渡した。

「もう、ゆっくり食べなきゃダメですよ。はい、これ」

「……はふぅ」

柚子さんはどうにかそのお茶でお菓子を飲み下したようだ。

ポテチを喉に詰まらせる人、初めて見たよ……。

「ありがと、雪人《ゆきと》くん。あ、それでね～。用件を思い出したの～」

柚子さんがにへらと笑った。

「んー、あなたのお嫁さんになれって言われたんだけど～」

「えっ、柚子さんまで……!?」

まさか告白、と身構えてきたら、それを通り越しての妻宣言。

しかも、これで三日連続だ。

これは現実なのか、夢なのか。もはや何がなんだか分からない。

「……あれ、雪人くん、固まっちゃった」

キョトンとした顔で僕を見つめる柚子さん。

「一緒に食べる？　買ってきてくれたお礼だよ～」

「どうも」

柚子さんが新しい袋を開け、僕らは二人そろって和やかにポテチを食べる。

うん、さっきの海苔《のり》バター味も美味《おい》しそうだったけど、やっぱりポテチはシンプルに塩味が一番――。

「じゃなくって！　お嫁さんってなんなんですか、お嫁さんって」

僕はセルフツッコミを入れて、話題を強引に元へ戻した。

「やだなー、お嫁さんはお嫁さんじゃない。妻もしくは配偶者。婚姻《こんいん》関係にある女性のことを指す言葉だよ～」

何当たり前のこと聞いてるの？　といった顔で、柚子《ゆず》さんが和やかに説明する。

僕は思わず脱力しそうになった。

「言葉の定義を聞いてるわけじゃないですよ、柚子さん」

「んー……」

柚子さんは少しだけ困ったような顔をして、

「……もしかして、もっと食べたい？」

なんで話題をお菓子に戻すんですか……。

僕が深くため息をついた、そのとき、
てってれー。

どこからか、なんとも間抜けな音が聞こえてきた。

振り返ると、そこには真由《まゆ》ちゃんの姿。

――って、真由ちゃんが持ってる看板に『ドッキリ大成功』って書いてあるんだけど⁉

いつの時代のノリだよ⁉

「やっぱりこの間のことはドッキリだったんじゃないか……」

いきなり『夫婦になりましょう』なんて言われて、信じかけてた僕も僕だけどさ。

「あら、気づかなかったんですか？」

真由ちゃんが小悪魔《こあくま》みたいな笑みを浮かべる。

うう、こういう顔されると怒ることもできない。

中学時代から、彼女のこういう顔に弱かったんだよなぁ。

「さ、最初からドッキリだって分かってたし」

「目が泳いでますよ、先輩？」

僕の強がりに、くすくすと笑う真由ちゃん。

「ぐぬぬ」

あっさり図星を指されて、僕は歯噛《はが》みする。

「ふふっ、先輩って本当に素直な人なんですね」

でも、やっぱりドッキリだったんだ……。少しだけ落胆している自分がいることに気づく。

僕は、心の底で期待していたんだろうか。

真由ちゃんの言葉が真実であることに。

「いい加減にしいや。雪人《ゆきと》をからかいすぎや」

真由《まゆ》ちゃんに続いて扉から現れたのは那和坂《なわさか》さんだった。

「なんで那和坂さんまで――」

「先輩があんまり素直だから悪戯《いたずら》したくなってしまって……ごめんなさい。あまり驚かせるのも悪いですし、そろそろネタ晴らししましょうか」

真由ちゃんはますます悪戯っぽい笑顔になった。

「ドッキリというのは嘘《うそ》です。ドッキリなのがドッキリなんです」

「えっ？　えっ？　どういうこと？」

僕は何度も目を瞬《まばた》かせて彼女を見つめる。

頭の中で状況の整理が追いつかない。

「ドッキリを装ったけど、本当は事実だっていう意味です」

な、なんだって⁉　つまり裏の裏ってこと⁉

「ややこしいよ！」

思わず叫ぶ僕。

「つかみはOKということで、本題に入りましょうか」

全然OKじゃないけど、本題とやらは聞きたい。

混乱の極みで、僕はかえって開き直っていた。

もうどうにでもなれって感じだ。

真由ちゃんはさっきまでの笑みを消して真剣な表情になる。

「先輩はご自分の父親についてどれくらいご存知ですか？」

「……な、何、唐突に？」

自分でも顔がこわばるのが分かる。

母さんは、父さんのことを多くは語りたがらない。

あまり触れてはいけない話題のような気がして、僕もキチンと聞いたことがなかった。

「僕が小さいころに死んだ、とか……」

「御神秋斗《みかみあきと》」

真由ちゃんが僕の言葉をさえぎった。

「それがあなたの父親の名前です」

「御神……秋斗……？」

初めて聞く名前だった。しかも僕と名字が違う。

母さんとは離婚したってこと？　それとも――。

「世界有数の財閥《ざいばつ》、御神グループの総帥《そうすい》です」

「へえ……」

うなずきかけたところで、ハッとなった。

えっ、そんな人が僕の父親だって？

死んだって聞いてたのに、どういうこと⁉

「名字が違うのは、先輩が正妻との間の子ではないからです。最近になって発覚したとかで……」

真由《まゆ》ちゃんが少しだけ言いよどむ。

冗談を言っている顔ではなかった。

あ、でも、真由ちゃんってドッキリ好きだし、これも……。

「冗談とちゃうで」

横から那和坂《なわさか》さんも補足する。

こちらはもっと真剣な顔。

那和坂さんって嘘《うそ》がめちゃくちゃ下手《へた》な娘《こ》だし……。

本当に、本当のことなんだろうか。

「総帥《そうすい》は隠し子である先輩を後継者に指名しました」

「へっ？」

僕は思わず間の抜けた声を出した。

青天《せいてん》の霹靂《へきれき》どころの話じゃない。

世界規模の財閥《ざいばつ》の後継者が――僕？

「総帥の真意は分かりません。後継者争いに嫌気がさした、という噂《うわさ》もありますが、何分気ま

ドッキリ大成功!!
ハァ?

ぐれな方なので……」

真由《まゆ》ちゃんは苦笑混じりに説明する。

「で、ここからが本題です」

今までの話でも、まだ本題じゃなかったの？

僕にとってはこれだけでもすでに衝撃的すぎる話題で、胸焼けしそうなくらいお腹《なか》いっぱいなんだけど……。

「当主の妻は代々分家の女性から選ばれていました。その女性を輩出した分家は当然、財閥《ざいばつ》の中で勢力を増すことになりました。ゆえに、正妻の選抜は熾烈《しれつ》を極め、あらゆる策略、駆け引き、足の引っ張り合いが行われてきたのです」

「えっと、話が見えないんだけど——」

得体の知れない不安で、頬《ほお》に汗が伝う。

「犯罪すれすれの暗闘になることも珍しくなかったという血塗られた歴史。——それに終止符を打つため、以前ある方法が考えられました。分家の中から数名の候補を選出し、誰《だれ》がもっとも当主の妻にふさわしいか審査することになったのです」

僕の問いかけをスルーして説明を続ける真由ちゃん。

「正妻の座をかけた勝ち抜き戦——そうですね、言ってみれば『正妻争奪バトルロワイヤル』——略して『妻ロワ』といったところでしょうか」

「せ、正妻争奪……なんだって？」

呆気《あっけ》にとられた僕を、那和坂《なわさか》さんと柚子《ゆず》さんがジッと見つめている。

そして、真由ちゃんはにっこりとほほ笑んだままだった。

2

I don't give anyone position of legal wife!

sect.2

妻ロワ、開幕します

僕が大財閥《だいざいばつ》の総帥《そうすい》の隠し子――。

あまりにも唐突な話だった。

確かに、母さんは子どものころから、僕の父親の話題になると露骨に話を逸《そ》らしてたっけ。

真由《まゆ》ちゃんの話の後、御神総帥《みかみそうすい》の秘書と名乗る女の人が現われて、戸籍《こせき》やらDNA鑑定書やらを持って説明した。

母さんと父さんは、いわゆる道ならぬ関係だったそうだ。

二人はまだ学生のころに知り合ったんだけど、家柄も住む世界も違いすぎて上手《うま》くいかなかったんだとか。

やがて父さんは半《なか》ば政略結婚のような形で別の女性と結ばれ、一方の母さんは別れた後に妊娠《にんしん》が発覚し、そのまま僕を出産。

最近になり、父さんが後継者選びのために色々と調査していたところ、僕の存在が発覚した、ということだ。

どうやら僕が御神秋斗《あきと》の息子だというのは本当らしい。

半分他人事《ひとごと》みたいな気持ちで僕は理解した。

いや、ほとんど他人事みたいな気持ちだったのかもしれない。

十六年生きてきて、今さら父親が大財閥の総帥だなんて言われても現実感がないし、やっと父親のことを知ったっていう感動みたいなものも抱けないのが正直なところだ。

それよりも僕の気持ちは、正妻争奪戦――真由ちゃん言うところの『妻ロワ』――のことでいっぱいだった。

あの三人の中から僕の妻を決めるって本気なの!?

衝撃のドッキリの日の放課後、真由ちゃんに呼び出されて中庭に行くと、すでに彼女が待っていた。

「お待たせ、真由ちゃん」

「いえ、私が早く来てしまっただけですから。いよいよ始まりますね、妻ロワ」

真由ちゃんが悪戯《いたずら》っ子そのものな表情で僕にほほ笑みかける。

「……真由ちゃん、その顔は面白がってるでしょ」

「これは闘志の表情です。やるからには勝たないと、ですよね？　私、必ず先輩の正妻の座を勝ち取りますから」

爽《さわ》やかに告げる真由ちゃん。

そもそも彼女は僕が結婚相手でいいのかな。

「だいたい、僕はＯＫした覚えはないよ」

ため息をつき、そう訴える僕。

「結婚なんて一生の問題なんだし簡単に決められないよ」

「先輩は……私たちが候補者じゃお気に召しませんか？」

上目遣いに僕を見上げる真由《まゆ》ちゃん。

「私たちは……私は、先輩にとって魅力がないですか？」

その瞳《ひとみ》が少しだけ不安げに揺れているのを見て、僕は息を詰まらせた。

真由ちゃんの体が小刻みに震えている。

心配そうに、悲しそうに。

「ご、ごめん、そういう意味じゃないんだ」

確かに真由ちゃんも那和坂《なわさか》さんも柚子《ゆず》さんも、それぞれすごく可愛《かわい》い。

冷静に考えれば、すごく魅力的な三人だと思う。

だけど結婚相手と言われると話はまったく変わってくる。

そんな簡単に決められる問題じゃないよね、普通。

しかも真由ちゃん以外の二人とは知り合ったばかりなんだ。

「じゃあOKですねっ。なんだ、なんの問題もないじゃないですか」

でも、真由ちゃんはさっきまでの物憂げな表情から一転、いきなり笑顔になった。

「それに、戦前では珍しくなかったみたいですよ。結婚相手と当日に知り合う、なんて状況も」

「今は平成の現代だからね」

「御神《みかみ》は普通の家とは違いますし」

笑顔の真由ちゃんとは反対に、僕の戸惑いは増すばかりだった。

「僕は普通の家庭に生まれ育ったんだってば」

「でも御神の後継者ですし」

僕のツッコミにも真由ちゃんは薄くほほ笑むだけ。

うーん、何を言っても軽くいなされてしまう。

反論が通じそうにないなぁ。

「それに私たち、中学のときからの知り合いじゃないですか」

真由ちゃんがなおも畳み掛ける。

「全然知らない人と結婚するっていうことになったら、確かに抵抗ありますけど……でも、先輩とだったら私……」

真由ちゃんの僕を見つめる瞳には濡《ぬ》れたような光がたたえられている。

その光に射すくめられて、僕は一瞬、呼吸をするのも忘れてしまう。

冗談めかした言葉ではぐらかしているけれど、真由ちゃんは真剣なんだ。

真摯《しんし》な気持ちがその瞳から伝わってくる気がした。

といっても、それで僕の気持ちが納得できるわけもなくて。

「だいたい真由ちゃんは平気なの？　いや他の二人だって——」

「先輩、私の話も聞いてください」

真由《まゆ》ちゃんが強い口調で話を遮《さえぎ》ろうとした。

だけど僕のほうも止まらない。

「だって結婚だよ？　しかも一生の相手を決めるのに、そんなゲームみたいなことで」

「私は、両親の意向に従うだけです」

真由ちゃんの口調は淀《よど》みがない。

迷いも、ないみたいだ。

でも、その表情がわずかに変わっているように見えた。

もしかしたら真由ちゃんは――。

「うちも異存なしや」

がさがさがさっ。

前方の繁みがいきなり激しく揺れたかと思うと、そこから声とともに那和坂《なわさか》さんが現れた。

「い、いつからいたの……？」

「『……真由ちゃん、その顔は面白がってるでしょ』の辺りやな」

「ほぼ最初からじゃないか⁉」

話を全部聞かれていたことを知って、さすがに動揺する僕。

「うちは那和坂の家の出であることを誇りに思っとる。その家のために力になりたいんや」

那和坂さんは何事もなかったかのように平然と話題を戻した。

だけど僕には『家のために』という言葉が引っかかった。

かつて僕自身が真由ちゃんに教わったみたいに——家のためじゃなく、自分のために行動することだって大切なんだ。

そう思うと、引き下がれない。

「家同士のことも大事かもしれないけど、やっぱり個人の気持ちが一番大事だし……」

反論した僕を遮るように、首を左右に振る那和坂さん。

「家のために力になりたい——それが、うちの気持ちや」

その瞳《ひとみ》もまた燃えている。

真由ちゃん同様、彼女の意志も固そうだった。

「んー、そんなに悩むことないのに〜」

まだ迷っている僕の様子を見てとったのか、柚子《ゆず》さんがスティック状のお菓子をもぐもぐ食べながら、そんなことを言いつつ歩いてくる。

「柚子さんも、家のために、って思ってるんですか？」

僕は思いきってストレートに聞いてみた。

「あたしはよく分からない……親に言われたから来たのは確かだけど、でも皆《みんな》でワイワイやるのは面白そうかな〜って」

とってもユルい考えを披露されて、僕はあ然とする。

「レクリエーション感覚だったんですか……」

「だから、雪人《ゆきと》くんももっと楽しむといいんじゃないかな～？」

「柚子《ゆず》さん……」

「ほら、笑って笑って～」

もしかして、柚子さんは混乱してる僕の気持ちを軽くしようとしてくれてるんだろうか。

……いや、単にユルいだけだ。この先輩は。

「あら、今さら拒否なんて無理ですよ。本家も分家もそろって動いてるのに」

真由《まゆ》ちゃんが前に出てきて、にっこりとほほ笑む。

「裏では何十億何百億っていう裏金が正妻決定レースに動いてるって噂《うわさ》もありますし、先輩が拒否なんてしたらどれほどの騒動になるか」

「お、脅《おど》かさないでよ、真由ちゃん……」

たじろぎながら、僕は目の前でほほ笑む真由ちゃんを見つめた。

中学時代から今も燻《くすぶ》り続けていた淡い想いが、胸の中を熱くしていく。

「どうですか、先輩？」

まるで内心を読んだかのように、真由ちゃんがささやきながら僕の手を取った。

「あ……」

柔らかな手が僕の手をしっとりと包んでいる。

どきん、と心臓の鼓動が跳ね上がった。

「先輩、私……真剣ですから」

「う、うん……」

真正面から顔を覗《のぞ》きこまれて、僕はごくりと喉《のど》を鳴らした。

真由ちゃんは笑顔のまま、だけどその瞳《ひとみ》はどこまでも真剣で――。

その瞳に見つめられた僕は、一切の反論を封じられてしまった。

「最終決定権は先輩にありますよ。跡を継ぐのも継がないのも、誰《だれ》かを妻にするのもしないのも――全部、先輩自身が決めることです」

「決定権は、僕に……」

あのときと同じだ。

大事なことは自分で決める――中学のとき、進路で迷っていた僕に真由ちゃんがそう示してくれた、あのときと。

「妻ロワで私たちのことを見ながら、じっくり考えてもいいでしょ？　ね？」

それは一理あるかもしれない。

妻ロワの最中に心が動くかもしれないし……。

「……分かったよ。じゃあ、始めようか」

僕は迷いつつも、妻ロワを受けることにしたのだった。

真由《まゆ》ちゃんたち三人に連れられて、学校の裏手に設置された会場まで到着すると、そこには豪華な一戸建てがあった。

「な、なんだ、この家……⁉」

庶民《しょみん》の住む家とはあまりにもかけ離れたその外観に圧倒されてしまう。

「家っていうか……ほとんど神殿だね、これ」

「御神《みかみ》当家の本宅——通称『天神御殿《てんじんごてん》』を再現したみたいですね」

その豪邸を驚いて見上げている僕に、真由ちゃんが説明する。

「えっ、実際にこんな家に住んでるの⁉」

「他人事《ひとごと》みたいなこと言うてるけど、雪人《ゆきと》が総帥《そうすい》になったらこんな家に住むんやで」

さらに驚く僕に、那和坂《なわさか》さんがにっこりとほほ笑んだ。

「あたしも本物のほうにお邪魔《じゃま》したことあるけど、家の中もすっごく豪華なんだよ～」

楽しげに語る柚子《ゆず》さん。

と、僕らの前に黒いスーツ姿の女性が近づいてきた。

「昨日は失礼しました。改めて自己紹介させていただきます。総帥の第一秘書、東雲東子《しののめとうこ》と申します。今回の正妻審査において審査官の筆頭を務めさせていただきます」

眼鏡《めがね》をかけたクールな容貌《ようぼう》の美女。いかにも秘書って感じの妙齢の女性だ。

昨日、学校に現われて、戸籍《こせき》やＤＮＡ鑑定書を見せてくれた人だった。

「……東雲さんは御神総帥に仕える『十二秘書』を束ねる凄腕《すごうで》なんだとか」

真由ちゃんが注釈を入れてくれたけど、なんかすごそうな肩書きだ。

「……こんな年齢でもう結婚相手が決まるとか……私なんて結婚できる気配すらないというのに……忌々《いまいま》しい」

さっきまでのクールさはどこに行ったのかという形相で、東雲さんがぽつりとつぶやいた。

「へっ？」

何かの見間違いかな、と僕はごしごし目をこする。

東雲さんは一瞬にしてクールな表情に戻りつつ、慌てたように頭を下げた。

「し、失礼いたしました！　つい心の声が……」

「心の声……」

思わず東雲さんをジト目で見てしまう僕。

「ち、違います、三十までに結婚したいとか、あと半年しかないから焦ってるとか、自分より若い娘がどんどん結婚していくのが羨《うらや》ましくて妬《ねた》ましいとか、そういうことじゃないんです申し訳ありません」

ますます慌てたように早口で弁解する東雲《しののめ》さん。

「こほん」

咳払《せきばら》いをして、東雲さんは僕らに向き直った。

照明に反射して眼鏡《めがね》がまぶしく光る。まるでできる秘書みたいだ。

「正妻審査第一の課題は『新婚生活シミュレーション』です。候補者の三人が新妻を演じて雪《ゆき》人《と》様を出迎え、実際の結婚生活でどんな妻になるのか――それを我々五人の審査官でチェックさせていただきます」

言葉とともに、東雲さんの後ろに、さらに四人の人影が現れる。

いずれも本家から派遣された審査官なのだろう。

「うちこそが理想の妻っちゅーところを見せつけたるで」

「結婚ごっこか〜、なんだか楽しそう」

ぱんと拳《こぶし》と手のひらを打ちあわせる那《な》和《わ》坂《さか》さんと、無邪気に笑う柚《ゆ》子《ず》さん。

真《ま》由《ゆ》ちゃんは静かにうなずくのみ。

「では――早速始めてください」

東雲さんが淡々と審査開始を宣言した。

こうして妻ロワの第一課題の火《ひ》蓋《ぶた》が切って落とされたのだ。

※　※　※

「お帰りなさい、あなた。ご飯にする？　お風呂にする？　それとも、わ・た・し？」

あまりにもベタすぎて頭がくらくらするような台詞《せりふ》だった。

僕の目の前には白いエプロン姿の真由ちゃんがいる。

「じ、じゃあ、ご飯……かな……？」

思わず声がうわずった。

あくまでもシミュレーションだと分かっていても、目の前に『新妻』の真由ちゃんがいると、なんだか落ち着かない。

「あら、ご飯でいいんですね」

なぜか少しだけガッカリしたような顔をする真由ちゃん。

「ついでに」

ずいっと一歩近づいてくる。

ち、近い……！

「私も……食べてくれてもいいんですよ？」

甘やかな息と台詞が僕の頬《ほお》に触れ、一気に心臓の鼓動が跳ね上がる。

「わわわ、な、何言ってるの、真由《まゆ》ちゃん⁉」

「だって夫婦ですもの。私の身も心も先輩のものですよ？」

真由ちゃんは両腕で自分の体をかき抱き、妖《あや》しく身をくねらせた。腕の上に乗っかった豊かな胸が魅惑的に揺れる。

「ぼ、僕らまだ高校生だからっ……」

言葉が喉《のど》に絡まったみたいに上手《うま》く出てこない。

「もう、本当にからかいがいがありますね、先輩って」

くすくすと真由ちゃんが笑っていた。

妻……か。

もし真由ちゃんが選ばれたら、いずれ僕は彼女とそういう関係になるんだろうか。

「じゃあ、続けましょうか」

彼女に促され、僕は意識をこの審査に戻した。

「でも、なんか照れちゃうよね、こういうの」

真由ちゃんに合わせて、僕も夫を演じなきゃいけないのは分かっているんだけれど、やっぱり照れくさい。

「ダメですよ、先輩。審査なんですから。ちゃんと『夫』になってくれないと」

真由ちゃんは小さく『めっ！』っと僕をたしなめた。

「真由ちゃんだって僕のこと先輩って呼んでるじゃないか」

「っ……！」

照れ隠しもあってそう指摘すると、真由ちゃんが小さく息を呑《の》んだ。

あれ、顔が少し赤いような……？

「つ、つい、いつもの癖で……そうですよね。今は新婚夫婦ですもんね。ごめんなさい、あ・な・た♡」

ぱちりとウインクして、花のような微笑を浮かべる真由ちゃん。

なんという甘美な響《ひび》きだろう。

新妻のらぶらぶオーラを放つ真由ちゃんの破壊力はすさまじいものだった。

「ふふ、どうしたんですか？」

「い、いや、えっと……」

さっき以上に言葉がまともに出てこない。

意味もなく両手を振り、視線を落ち着きなくさ迷わせてしまう。

「いつまでもお傍《そば》に置いてくださいね？」

「う、うん……」

らぶらぶ台詞《せりふ》を連発する真由ちゃんに、僕は魅入られたようにうなずいた。

「やった♡　約束ですよ。真由、嬉《うれ》しいです」

言葉が、喉《のど》の奥に張りついてしまったみたいに上手《うま》く出てこない。

あくまでも夫婦という設定なんだと分かっていても、さっきから胸の鼓動は高まりっぱなしだ。

柚子《ゆず》さんも言ってたけど、はたから見てたら、子供のころにやった新婚ごっこだよね、これ……。

正直、すごく照れくさい。

けど胸を陶酔《とうすい》させる甘いときめきがあったのも事実だった。

少しのクールダウンを挟んで、柚子さんの番が始まる。

「んー、お帰りなさい～」

「ただいま……って、柚子さん⁉」

リビングに入ると、そこにはカーペットに寝そべり、テレビを見ながらぽりぽりお菓子を食べている柚子さんの姿。

怠惰だ！　怠惰そのものだ！

柚子さんと結婚した場合の夫婦生活が、ありありと目に浮かぶようだった。

「ひあぁぁぁぁ……」

まあ柚子さんらしいと言えば、らしい……のかな？

「あ、晩ごはんはそこに用意しておいたから～」

柚子さんはにこにこと笑って、テーブルの上を指さした。

そこには『雪人《ゆきと》くん用』っていうメモ書きとともに、買い置きのカップラーメンが置いてあった。

さらにその横には『別腹』っていうメモがついたポテチの山まで。

こ、これが晩ごはん!?

手抜きだ！　手抜ききわまれり！

「わざわざスーパーまで行って厳選してきたんだよ～。あたしのおすすめ」

あ、買い置きかと思ったら、柚子さんが買いにいってくれたんだ。

そんな彼女はいつも以上にニコニコ笑顔だった。

「なんだか妻っぽいね、あたし～。照れちゃうよ、えへへ」

ほのかに上気した頬《ほお》を両手で押さえ、はにかむ柚子さん。

真由ちゃんとは一味違った、癒《いや》し系の新妻オーラにどきっとする。

「つ、妻っぽい……のかな？」

込み上げる照れくささを誤魔化《ごまか》し、僕は続けた。

「あ、もうすぐ『恋ライブ』のアニメがはじまっちゃう。チャンネル変えなきゃ～」

すっかりテレビに夢中の様子を演出する柚子《ゆず》さん。テレビに向かって『前回の恋ライブ!』なんて楽しそうに叫んでる。

くつろいでるなぁ……。

面倒くさがりの柚子さんにとって、スーパーに行くだけでも重労働かもしれない。

その気持ちはありがたく受け取っておきたい。

……でも晩ごはんがお菓子っていうのは、どうかと思うけど。


そして最後は那和坂《なわさか》さんだった。

「いよいよ、うちの番やな! 覚悟しいや、雪人《ゆきと》!」

なぜか濃紺のスーツ姿で現れる那和坂さん。

キリッとした顔で僕を見すえ、新妻っていうよりキャリアウーマンっぽい雰囲気だ。

「き、気合い入ってるね、那和坂さん……」

「桃花《とうか》」

ぎらり、と那和坂さんの瞳《ひとみ》が異様な輝きを放った。

「えっ」

「前から思っとったんや。なんで真由《まゆ》と柚子《ゆず》は名前呼びでうちだけが名字なん?」

ずいっと顔を近づける那和坂さん。鼻息が荒い。

「うちはちゃんと名前で呼んでるのに。……うちかて恥ずかしいねんで」

「なんとなく流れで……」

少しばつの悪さを感じつつ、僕は頬《ほお》をかきながら弁解した。

「他の二人に後れを取るわけにはいかへん！　ねえ、うちのことも名前で呼んで？」

「と、桃花…………ちゃん」

言われるままに名前を読んでみたものの、とたんに頬が熱くなる。

「きゃぁぁぁぁぁぁぁぁぁぁぁぁあっ！」

しかし、桃花ちゃんのうろたえぶりは僕の比じゃなかった。

「お、男に名前で呼ばれてもうた！　ひやぁぁぁぁぁぁぁぁぁあっ！」

「う、うろたえすぎじゃない？」

「ぜいはあぜいはあ……」

肩を上下させせて、荒い息を整える桃花ちゃん。

「き、気を取り直していくで。妻の務め、その一！　内助の功！」

桃花ちゃんはいきなり心得的なものを叫びだした。

「今日は九時から社内会議、十一時から工場の視察、十二時から烈宮《れつみや》コンツェルンの社長と昼食兼会談、二時からは――」

「えっ？えっ？な、なんの話？」

「結婚したらこういう夫婦の会話が当たり前になるんやで」

驚く僕に対し、当然のように言って胸を張る桃花《とうか》ちゃん。

「ああ、そういう設定で話してるのか」

……やっぱり大財閥《だいざいばつ》の社長夫妻ともなると、そういうものなんだろうか。

桃花ちゃんはなおも、まるで秘書みたいな淀《よど》みのない口調でその日の予定を説明していく。

実際に彼女と夫婦になったとしたら、毎日こんな会話になるんだろうか。

桃花ちゃんは頭の回転もよさそうだし、転校してくる前の高校では学年成績トップだったらしい。

有能な秘書になってくれそうだ。

あ、いやいや、秘書選びじゃない、これは妻選びなんだっけ。

「なんだか夫婦の会話らしくないよね、あはは」

思わず漏らした僕に、

「雪人《ゆきと》はいずれ当主になるんやからな。うちはそれを全力でサポートする。これがうちらの夫婦の形や」

と、さらっと返す桃花ちゃん。

でも、夫と妻っていうより社長と秘書みたいでちょっと残念かも。

家庭のこともばっちりやるから。料理も掃除洗濯も裁縫も」

偉いね。てっきり、そういうのはメイドさんにお願いするのかと思ってた」

漫画やアニメじゃないんだし、メイドさんなんていないか。

家ではメイドにしてもろてたけどな。うちも妻らしいことはちゃんとしたいんや」

えっ、いるの⁉　メイドさん⁉

「……ん？」

なにげなく桃花ちゃんの手が視界に入る。

しなやかな細い指先。

そこには綺麗《きれい》な肌に似つかわしくない細かい傷がいくつもあった。

「それ……どうしたの？」

気になってたずねる。

「ん？　ああ、これ？　ちょっと裁縫の練習してたらこないなってもうて……うち、不器用やからな」

あはは、と照れたように笑う桃花ちゃんが、僕にはなんだかまぶしく見えた。

直後、三人入り混じってのアピールタイムに移った。

「ずっとお傍《そば》にいさせてくださいね、先輩……いえ、あ・な・た♡」

「雪人《ゆきと》はうちと一緒に夫婦道《めおとみち》を歩んでいくんや！　他の女にちょっかいは出させへん」

「お腹《なか》すいたー。なんか買ってきて、雪人くん〜」

真由《まゆ》ちゃんたちが思い思いのアピールをした後、審査に入った。

「審査は七つの課題で争われます。それぞれの審査で候補者にポイントをつけて合計が一番多い候補者が優勝となり、晴れて雪人様の正妻の座を勝ち取ります」

東雲《しののめ》さんが僕を、そして真由ちゃんたちを見回しながら説明する。

なるほど、妻ロワってそういうルールになってるのか。

「では、順番に得点を発表します。那和坂桃花《なわさかとうか》様——総合四十七点」

「むう……満点には届かんかったか」

五十点満点中の四十七点だから、かなりの高ポイントだと思うんだけど、桃花ちゃんは悔しそうだ。

「夏瀬《なつせ》真由様——総合四十四点」

…少し届かなかったのね」

ちゃんがかすかに眉《まゆ》を寄せて、ため息をつく。

柚子《ゆず》様——総合三十七点」

…あたしが最下位か〜」

言いつつも、あっけらかんとした態度の柚子さん。

「――以上です。次の審査は五日後。お三方のご健闘をお祈りしております」

丁寧に一礼して、東雲さんと審査員たちは去っていった。

最初の課題を終えて、総合順位は桃花ちゃん、真由ちゃん、柚子さんの順だ。

残る課題は、六つ。

※　※　※

五日後、妻ロワの第二審査が行われるということで、僕らはふたたび特設会場に集められた。

学校の裏手に作られた会場の扉を開けると、そこには一面に大量の食材が並んだステージがある。

「また短期間でこんなものを作ったんだ……」

さすがは御神《みかみ》グループというべきか、やたらと豪華なステージだった。そろえられた食材も、どれも高級品と一目で分かるものばかり。

「正妻審査の第二課題は『料理』です。妻にとって基本中の基本ともいえるスキルをチェックさせていただきます」

ステージの中央に立っている東雲さんが、いつも通りに淡々と説明する。

「料理対決か。腕が鳴るで」

「料理なんてしたことないよ、あたし～」

ぱんと拳《こぶし》を手のひらに打ちつける桃花《とうか》ちゃんと、苦笑いする柚子《ゆず》さん。

「一回目のポイント差をここで挽回しないと……！」

一方の真由《まゆ》ちゃんは何かを期するように、静かにうなずくのみ。

「この課題のルールは、審査員が三人の料理を順番に食べていって十点満点で採点をし、総得点が一番高い者が勝利となります。なお、今回は雪人《ゆきと》様にも審査員に加わってもらいます」

「えっ、僕も？」

「結婚したら、妻の手料理を食する機会が多くなると思われますので。雪人様のご意見は最大限に尊重させていただきたく思います」

「なるほど……」

東雲《しののめ》さんの意見にうなずく僕。

「では、お三方とも用意はよろしいですか？」

東雲さんが、真由ちゃんたち三人を見回した。

第一課題のときと同じく――いや、それ以上の張り詰めた雰囲気が漂う。

「アレ・キュイジーヌ（料理を始めてください）！」

なぜかフランス語で高らかに審査開始を宣言する東雲さん。まるで料理人同士がスタジアムで対戦する某番組みたいだ。

僕と五人の審査員はテーブルにつき、料理が出来上がるのを待つことになった。

それから三十分ほどして、まずトップバッターの桃花ちゃんが完成した料理を運んできた。

「さあ、召し上がって雪人」

エプロン姿の桃花ちゃんは家庭的な雰囲気を醸《かも》し出していて、いつもとは違った可愛《かわい》らしさがある。

「ありがと、桃花ちゃん。いただきます」

その可愛さにドキッとしながら、僕は料理に手をつけた。

もしかしたら、たこ焼き尽くしになるんじゃ……と思ったけど、桃花ちゃんが作ってくれたのはオーソドックスな和風料理だった。

味噌《みそ》汁《しる》も焼き魚も煮物も、一つ一つにすごく手をかけて、丁寧に作ってあるのが分かる。

「夫に美味《おい》しいものを食べてもらうのは妻の務めやからな」

桃花ちゃんが拳を振り上げて力説する。

「人の幸せは、まず食から生まれる——実家の食品チェーンの社訓や」

「へえ、立派な社訓だと思う」

「そうやろ、そうやろ」

嬉《うれ》しそうに目を細める桃花ちゃん。

その様子をしみじみと見つめながら、僕は桃花《とうか》ちゃんの料理を平らげていった。

うん、美味《おい》しい。

……ただ、最後にデザート代わりのたこ焼きがついてきたのはご愛嬌《あいきょう》といったところかな。

「雪人《ゆきと》には美味しいものをいっぱい食べてもらいたいからな」

さらに拳《こぶし》を振り上げる桃花ちゃん。

やっぱり、たこ焼きは外せないらしい。

もし彼女と結婚した場合は、かなりの高頻度でたこ焼きやお好み焼きといった粉ものの料理を食べることになるんだろう。


「お待たせ～、雪人くん」

二番手の柚子《ゆず》さんが僕らの前に料理を運んできた。

「……これって、冷凍食品をレンジで温めただけですよね」

「お手軽でいいじゃない～」

柚子さんの態度はあっけらかんとしたものだった。

フリルがいっぱいついた可憐《かれん》なエプロン姿だ。

でもそれが柚子さんの、ちょっと幼げな雰囲気にすごく似合っていた。

「一応、これは料理対決なんですけど……」

「全部あたしが厳選したんだよ。冷凍食品って言っても、メーカーごとに味がけっこう違ってね～、あたしがおススメのを色々見繕ったんだ～」

生き生きと語り出す柚子さん。

「……まあ、冷凍食品でもいいか」

楽しげなその顔を見ていると、なんだかそんな気分になってくる。

料理ではないけれど、でも美味しいものを食べてほしいという気持ちは伝わってくる。

「いただきます」

食べてみると、やっぱり味は冷凍食品だった。

だけど――冷凍食品らしからぬ温かみみたいなものが、なぜか感じられた。

最後は真由《まゆ》ちゃんの番だ。

エプロン姿の真由ちゃんがワゴンを押して運んできたのは、和風かなという僕の予感に反して、見事な献立《こんだて》が並ぶ洋風料理の一式だった。

「うわぁ」

思わず感心のため息を漏らした。

湯気とともに香ばしい匂《にお》いが漂い、鼻を甘くくすぐる。

「めちゃくちゃ手が込んでる。すごい……！」

僕もよく自炊するから分かる。真由《まゆ》ちゃんの料理の腕はほとんどプロ級だった。

ハンバーグやオムレツ、野菜スープなどありふれたメニューなんだけど、だからこそ腕の差がはっきりと出るんだ。

「どうですか、先輩」

「めちゃくちゃおいしい！」

比喩《ひゆ》じゃなく舌が蕩《とろ》けそうだった。

気がつけば、夢中でがっついていた。

「そんなに喜んでくれると、私も嬉《うれ》しいです。作ってよかった」

真由ちゃんが目の前でほほ笑んでいた。

「いつも一人で味見していたけど……食べてくれる人がいるって、こういう感じなんですね」

はにかむようにつぶやく真由ちゃん。

まるで新妻そのものな笑み——。

その可憐《かれん》さに息が詰まる。

「んぐっ、ぐぐっ」

さらに、喉《のど》にご飯が詰まる。

美味《おい》しくて夢中で食べすぎたせいだ。

「もう」

呆《あき》れたようにため息をついた真由ちゃんが、僕の背中をさすってくれた。

柔らかな手のひらから伝わる温かさは、喉に詰まった苦しさも忘れさせて、僕を癒《いや》してくれるようだった。

※　※　※

妻ロワが始まってから一週間が経《た》った。

明日には三つ目の課題が行われる予定だ。

ちなみに母さんはこの妻ロワに対して意外なほど干渉してこない。

「あの……父さんの実家が、僕の結婚相手を選ぶって言ってきてるんだけど」

朝出かける前に思いきってそう切り出してみたところ、

「……総帥《そうすい》の正妻審査のこと？」

母さんはこともなげな様子で言った。

「知ってたんだ……」

「あたしのところにも本家の関係者が連絡してきたからね」

母さんは怒るでもなく、やけに淡々とした表情だ。

その顔からは、御神《みかみ》の家に対する感情は読み取れなかった。

「まあ、あんたが決めたことならそれでいいよ」

「えっ、いいの」

御神の家には関わるなとか絶対反対とか言われると思ったんだけど。

僕はちょっと拍子抜けしてしまう。

「あんたも、もう自分のことは自分で決断できる年齢でしょ。あたしが見守ってるから好きにやりなさい」

気風《きっぷ》のいい口調で言って、にやりと笑う母さん。

まるで僕の背中を後押ししてくれているみたいな笑顔だった。

僕のことを信じてくれてる、ってことなのかな。

「うん、じゃあ続けてみるよ……妻ロワ。行ってきます」

母さんにそう言って、僕はいつも通りに家を出た。


「まあ、とりあえず今考えなきゃいけないのは——妻ロワより今日の晩ごはんのことだよね」

通学路を歩きながら、鞄《かばん》から取り出した特売チラシに視線を落とす。

いくら御神財閥《ざいばつ》の後継者に指名されたといっても、今のところ僕の家の暮らしぶりは何一つ変化がない。今まで通りの倹約《けんやく》生活だ。

「何、お前またチラシ見てるの？」

雨宮《あまみや》が呆《あき》れたような顔で近づいてきた。

「もうすっかりマニアだな」

「今月はお祝い事が重なったりして出費が多くて……家計がピンチなんだよ」

雨宮の軽口に、僕は軽くため息をつく。

呼応するように、ぐう、とお腹が鳴った。

「朝ごはん抜きだもんなぁ」

「ダメですよ、先輩。朝はちゃんと食べなきゃ」

漆黒のロングヘアを揺らしながら、後ろから真由《まゆ》ちゃんがやってきた。

「おはよ、真由ちゃん」

「おはようございます、先輩。朝からお会いできて嬉《うれ》しいです」

にっこりとした笑顔で挨拶《あいさつ》を返す真由ちゃん。

「ん？　ん？　お前らって結局どういう関係なの？」

興味《きょうみ》津々《しんしん》といった感じで割って入った雨宮が僕らを交互に見た。

「将来を誓いあった間柄です」

うっとりとした顔で真由《まゆ》ちゃんが言う。

「な、なんですと⁉」

まるでこの世の終わりが来たみたいに愕然《がくぜん》とする雨宮《あまみや》。

「じゃあ、まさか……す、すでに深い関係になってるんじゃ……？」

「そんなわけないだろ！」

「これ以上は夫婦の秘め事ですから内緒です、ふふ」

思わせぶりな台詞《せりふ》ではぐらかす真由ちゃん。

「貴様ぁーーーーーっ！」

雨宮が即ギレした。

「行きましょ、先輩？」

真由ちゃんが僕の手を取る。

「あ、ちょっと待ってよ！」

「お前だけリア充の道を歩むっていうのか……帰ってこーい……俺を一人にしないでくれー……」

叫ぶ雨宮を置き去りに、僕は彼女に引っ張られていく。

しばらく行ったところで、真由ちゃんが爽《さわ》やかにほほ笑みかけた。

「これで二人っきりですね、先輩」

真由ちゃんと一緒の登校か。ちょっと照れくさいな。

「あれ、一年の夏瀬《なつせ》さんじゃない……？」

「可愛《かわい》い……」

「一緒にいる男、誰だろ……？」

周囲のざわめきや視線が気になってしまう。

「あ、そうだ。朝ごはんはちゃんと食べないとダメですよ。体によくないです」

思い出したかのように、真由ちゃんが子どもを叱《しか》るときみたいな口調で言った。

年下なのに、ときどきこうしてお姉さんぶるんだよなぁ、この娘《こ》。

中学のときも制服のネクタイが曲がっているのを目ざとく指摘してきたり、夜更かしして眠そうにしてたら『規則正しい生活しなきゃダメですよ』と、やんわり注意されたり……あのころから変わらないなぁ。

「なかなか用意する暇がなくて……昼も抜いちゃうかも」

つい言い訳が口をつくと、真由ちゃんが眉間《みけん》に皺《しわ》を寄せた。

「最近作る時間がないんだよ。内職もしなきゃいけないし」

「御神《みかみ》グループの総帥《そうすい》になるんですから、必要なら生活費を援助してもらえばいいじゃないですか」

確かに真由ちゃんの言うことは正論だった。

だけど、気持ちではそう簡単に割り切れない部分もあるわけで……。

「今はまだ総帥《そうすい》じゃないし、母さんも援助は受けたくないって言うんだ。その、昔いろいろあったみたいでさ。父さんの実家と……」

母さんは父さんの正妻ではない。

僕に話してくれなかったけど、そのことで嫌な目にもあってきたんだろう。

「だから自分にできることは自分でやりたいんだ」

僕は顔を上げ、自分自身に誓うように宣言する。

「……あのころから全然変わらないですね、先輩」

真由《まゆ》ちゃんが中学時代を懐かしむみたいに切れ長の目を細めた。

「そう……かな?」

なんだか照れてしまい、僕は頰《ほお》をかいた。

「分かりました」

真由ちゃんがいいことを思いついた、という顔でほほ笑む。

「私がお弁当、作ってきてあげますから」

そして翌日の昼休み。

事前に待ち合わせをしていた中庭に行くと、すでに真由ちゃんがベンチに座っていた。

「真由ちゃん、お待たせ」

そう言って、僕は彼女の隣に座る。

「はい、お弁当です」

「ありがと、真由ちゃん」

真由ちゃんがにっこりと渡してくれた弁当箱を僕はありがたく受け取った。

女の子からお手製の弁当をもらうなんて生まれて初めてで、背中がむずがゆくなるような照れくささを感じずにはいられない。

でも、本当にいいのかな、という引け目も一方で感じていた。

「お気に召すといいんですけど。とりあえず今回は和風にしてみました」

箱を開けた僕に、真由ちゃんがにっこりとした顔のまま説明する。

「でも、やっぱり迷惑なんじゃ」

「一人分も二人分も手間は変わりませんから」

真由ちゃんは何かを慈《いつく》しむかのようにうなずいた。

「それに――私、普段はこんなふうに誰《だれ》かのために料理することがないんです。この間の料理対決が初めて……だから、また先輩のために作ることができて嬉《うれ》しいです」

「家で作ったりしないの？　家族とかに――」

「……両親とも忙しくて、あまり家にいないんです」

先ほどまでの温かい表情に一瞬暗い影が差す。

「真由《まゆ》ちゃ――」

「さあ召し上がれ」

声をかけようとした僕に、真由ちゃんが気を取り直したように促す。

あまり触れられたくない話題なのかもしれない。

僕は黙ってうなずき、煮物を口に運んだ。

口の中いっぱいにしっかりした出汁《だし》の味と甘みとが同時に広がる。

「どう……ですか？」

不安げに僕を見上げる真由ちゃん。

珍しく自信がなさそうな顔だ。

「美味《おい》しいよ、すごく！」

社交辞令《しゃこうじれい》など一ミリも混じっていない、本当の本音だった。

僕はそれこそ一言も発さず、夢中で真由ちゃんお手製の弁当を食べた。

と、

「もう、ご飯粒ついてますよ、先輩」

真由ちゃんが手を伸ばし、僕の口元についたご飯粒を取ってくれた。

ほっそりした指先が僕の唇《くちびる》をかすめる。

「はい、取れました」

「あ、ありがと……」

まるで夫婦みたいなやり取りに頰《ほお》が熱くなる。

「私こそ、ありがとうございます」

「えっ？」

思いがけない言葉に目を丸くする僕。

「お弁当、美味しそうに食べてくれて」

真由ちゃんが嬉《うれ》しそうにほほ笑んだ。

僕の心臓の鼓動が速まっていく。

「ねえ、先輩」

腫れぼったい唇からささやくような言葉がこぼれる。

「ん？」

「明日もお弁当作ってきていいですか」

「う、うん、ありがとう。嬉しいな」

「やった」

小さくガッツポーズする真由ちゃんは、中学のときに戻ったみたいな可憐《かれん》さだった。

3

I don't give anyone position of legal wife!

sect.3

妻への道は険しくて

放課後、僕と真由《まゆ》ちゃん、桃花《とうか》ちゃん、柚《ゆ》子《ず》さんの三人は妻ロワの会場に呼び出された。

今日は妻ロワの三つ目の課題が行われる。

「正妻たるもの、体力も必須《ひっす》です。第一回では実際に結婚した場合のシミュレーションを、第二回では家事の基本ともいえる料理スキルを行いましたが、今回は体力審査となります」

審査官の東雲《しののめ》さんが手元の資料を見ながら淡々と説明する。

「……三人とも若いわね……まぶしい……あ、いえ、私だってまだぎりぎりで二十代女子なんだから……若さなら負けない……負けないっ……ぐぬぬ……」

資料で顔を隠しながら、ちらっちらっと三人を横目で見ては、複雑な表情を浮かべているであろう東雲さん。

「……前から思ってたんだけど、東雲さんって」

「……絶賛婚活中だそうです」

僕が、隣にいる真由ちゃんに小声でたずねると、そう耳元にささやかれた。

さらに、

「……うちも噂《うわさ》で聞いたで。美人で優秀やけど性格に難があるとかで、なかなか相手が見つからん、って」

「……東雲さん、ときどき怖いもんね～」

桃花ちゃんと柚子さんまで交互にささやいてくる。

「……こほん」

そんな僕らのヒソヒソ話を、東雲さんの咳払《せきばら》いが遮《さえぎ》った。

気のせいか、眼鏡《めがね》の奥の瞳《ひとみ》にすごい光が宿っているような……。

「失礼いたしました。こちらが審査が行われる特設フィールドとなります」

冷静さを取り戻した東雲さんがそう説明する。

僕らの周囲には巨大なアスレチックフィールドが広がっていた。さらにその側《そば》にはプールまである。

ここが今回の特設会場。これを妻ロワの審査のためだけに突貫工事で造ったらしい。

けっこうしっかり工事してるな。この短期間でやったということは、相当お金かかってるだろうなぁ。

「……ふん、体力やったら負けへんで」

「私もスポーツには自信ありです」

「新発売のレッドホットチリペッパー味おいしい……もぐもぐ」

勢いこむ桃花ちゃんと真由ちゃんの横で、マイペースにポテチを頬張《ほおば》っている柚子さん。

最初の種目はプールでの水泳なので、当然ながら三人とも水着姿だ。

いずれも人並み外れた美少女で、しかもスタイル抜群とくれば、その破壊力は絶大だった。

僕は目のやり場に困りつつも、三人に釘《くぎ》づけだった。

真由《まゆ》ちゃんのすらりとしたモデル体型を、体にぴったりと張りついた競泳水着があらわにしている。

その隣では、入念に準備体操をしている桃花《とうか》ちゃんの姿があった。屈伸をするたびに張りのある胸元が目に入ってどきっとする。

さらに、競泳水着を着ている二人とは違い、明らかに海水浴用のビキニとパレオを身に着けている柚子《ゆず》さんがいた。

……勝つ気がまったく感じられないスタイルだ。

「皆さん、準備はいいですか？」

三人に確認する東雲《しののめ》さんの言葉で、場の雰囲気が変わった。

勝負の前に独特の緊張感が張り詰めていく。

真由ちゃんと桃花ちゃんが表情を引き締め、柚子さんはにっこりとした顔のまま、それぞれうなずいた。

「では、位置について……はじめ！」

東雲さんの合図とともに、レースが始まった。

勝負は五十メートル自由形。

とにかく一番早くゴールした者が勝ち、というシンプルなルール。

「見さらせ、これがうちの無呼吸泳法やっ……！」

叫んで飛びこんだ桃花ちゃんが、ものすごいスピードのクロールでスタートダッシュをかける。正直、速い。

真由ちゃんも十分速いんだけど、みるみる差が開いていく。

柚子さんはそんな二人を尻目《しりめ》に、浮き輪でぷかぷかとプールに浮いていた。

「あはは、プールたのし～」

ばしゃばしゃと一人で水遊び。

レースする気ないな、やっぱり……。

先行する桃花ちゃんと、それを追う真由ちゃん。レースはこのまま桃花ちゃんがトップで折り返す――。

と思われたそのとき、

「きゃぁぁぁぁぁぁっ⁉」

突然悲鳴を上げる桃花ちゃん。

「ん？」

僕は驚いて視線を向ける。

視界に飛び込んできたのは、お椀《わん》みたいに美しい二つの膨らみ。そして赤いイチゴみたいな先端部——。

「——って、うわぁぁぁぁぁっ⁉」

桃花《とうか》ちゃんの競泳水着が裂けていた。

胸元の生地が、刃物《はもの》で切ったみたいにぱっくりと。

おかげで胸の膨らみがほとんど丸出しになっている。水に濡《ぬ》れて光沢のあるその膨らみは妙にいやらしくて、でもすごく綺麗《きれい》で——。

「こ、こっち見たらあかん、雪人《ゆきと》……いやぁぁぁ……」

桃花ちゃんはさすがに泳ぐのを止め、恥ずかしそうに両手で胸元を隠す。

さらに、

「あら？　あらあら～？」

柚子《ゆず》さんがキョトンとした顔で自分の体を見下ろしている。

声に反応してそちらを見ると、桃花ちゃんと同じく水着の胸元が破れていた。

こっちはビキニなので、ぽろんっ、とボリュームたっぷりのバストがモロにこぼれ出ている。

……ゆ、柚子さんってかなり大きいんだ。

両手で胸を隠していても、指の間から余ったおっぱいがはみ出てしまっている。

「もう、雪人くんのえっち～」

僕の視線に気づいたのか、ほわんとした口調で諭《さと》されるが、頰《ほお》はほんのりピンクに染まって

いる。

二人にアクシデントがありながらも、レースは続いていた。

一人無事な真由《まゆ》ちゃんがもちろん独走状態になり、一位でゴールイン。

続いて胸元を隠しつつ、必死に泳いだ桃花《とうか》ちゃんが二位。柚子《ゆず》さんは最下位だ。

「ふふ、幸先いいスタートですね」

プールから上がった真由ちゃんは、そう言いつつも油断は禁物とばかりに表情を引き締めている。

「あーあ、せっかくいい調子やったのに」

「女だらけの水着大会、ぽろりもあるよ、って感じだったね～」

続いて桃花ちゃんと柚子さんが裂けた胸元を手で押さえながら、プールから上がった。

自分の体を抱くような格好で、両腕の間から胸の肉の一部がこぼれる光景に、何かが目覚めそうだ。

そんな僕の表情を見て、桃花ちゃんがじとっとした目でにらんでくる。

「――意外とエッチやねんな、雪人《ゆきと》って」

その視線に落胆の色が混じっている気がして、僕は焦った。

「な、なんでだよ!?」

「さっきのうちを見るときの目つきが」

「事故だってば！　事故だってば！」

大事なことなので二度言っておく。

「……結婚したら頑張らんと」

「えっ？　頑張るって何を？」

「っ……！」

反射的にたずねると、桃花ちゃんは言葉を詰まらせた。

しゅう〜っと頭から湯気が出そうな顔をしている。

「ち、ちゃうねん！　今のはっ、そのっ、こ、言葉の綾《あや》やから！　いやらしい意味とかやなくて、だから、えっと、夫婦生活的なアレというか、あ、これやとエッチな意味か……だ、だからちゃうねん、ほんまにっ、ちゃうねんっ……！」

あわわわ、とつぶやきながら、呂律《ろれつ》が回らなくなっていく桃花ちゃん。

言えば言うほどドツボにハマる感じだ。

その後も、この体力審査ではなぜかアクシデントが続いた。

「えっ、嘘《うそ》っ⁉」

ロープクライミングの途中で、桃花ちゃんのロープが突然切れたり（命綱をつけてるので幸いにも怪我《けが》はなかった)。


「あらあら〜?」

平行棒を渡る最中に、柚子《ゆず》さんの足場のネジが突然外れたり(同じく命綱を……以下同文)。

「な、なんなん、これ壊れてるやん⁉」

「慌てない慌てない、一休み一休み……」

他にも、桃花ちゃんや柚子さんの番にかぎって計測器具が故障を連発。

そんな中、真由《まゆ》ちゃんだけは安定した成績を残していく。

思わず見とれてしまう美しいランニングフォーム。

躍動《やくどう》する健康的な肢体。

気がつけば、真由ちゃんの動きを目で追っていた。

と、その真由ちゃんが僕の視線に気づいたのか、ぱちりとウインクする。

やっぱり、可愛《かわい》いな。

——結局、アクシデントでタイムが上がらない二人を尻目《しりめ》に、真由ちゃんは持ち前の運動神経を活《い》かして着実に加点。

今回は真由ちゃんがぶっちぎりのトップで終わったのだった。

「はあ、ツイてないわ……体力勝負なら自信あったんやけどなぁ。ずっとトレーニングしてきたし……」

桃花《とうか》ちゃんがうなだれている。

「でも、運も実力のうちやからな。言い訳はせえへん」

彼女らしい潔い台詞《せりふ》だった。

「そうそう、一生懸命やったんだし、いいんじゃないかな～」

桃花ちゃんの頭をぽんぽんと撫《な》でる柚子さん。

「ね、元気出しなよ、桃花ちゃん～」

僕も桃花ちゃんの傍《そば》に寄っていった。

「残念だったね。でも頑張ってたよ、桃花ちゃん」

心からねぎらうと、桃花ちゃんは驚いたように顔を上げた。

「雪人《ゆきと》……」

つぶやきとともに、彼女の表情が少しずつ綻《ほころ》んでいく。

「まだ課題は四つもあるんでしょ。巻き返せるよ、絶対」

僕は、この妻ロワで誰《だれ》を応援していいのか分からない。

誰を妻にすればいいのかも分からない。

でも全力を尽くして、それでもアクシデントのせいで報われなかった彼女を見たら、声をかけずにはいられなかった。

「……ありがとうな。雪人、優しいねんな」

桃花《とうか》ちゃんは目をウルウルさせていた。

慰められると弱いらしい。

思った以上の反応に、僕のほうがうろたえてしまう。

「えっ⁉ い、いや、そんなことは」

「うち、次は頑張るから」

顔を上げた桃花ちゃんが僕の手を握り、力強く宣言する。

その目には、いつものように燃えさかるような闘志が宿っていた。

「私だって譲るつもりはないです」

そんな桃花ちゃんに、真由《まゆ》ちゃんがライバル心もあらわに言い放つ。

きっと、この妻ロワに懸《か》ける思いは二人とも負けていないはず。

「ふん、次はリベンジしたる」

「次でさらに突き放してみせます」

互いに引かず、闘志をぶつけ合う二人。

でも、気が張り詰めっぱなしじゃ疲れてしまうと思う。

「真由ちゃんもお疲れさま。とりあえず、ゆっくり休んで」

「……ありがとうございます、先輩」

僕がねぎらいの言葉をかけると、真由ちゃんも表情を和らげてうなずいた。

※　※　※

「おはようございます、先輩」

朝、通学路を歩いていると、真由ちゃんが元気よく駆け寄ってきた。

「おはよ、真由ちゃん。昨日はお疲れさま」

「もう、また特売チラシなんて見て。先輩は御神財閥《みかみざいばつ》の次期総帥《そうすい》なんですから。お昼ごはんは私がいつも作ってるじゃないですか」

僕の手元のチラシを見て、真由ちゃんが拗《す》ねたように口を尖《とが》らせる。

「いや、これやらないと落ち着かないんだよ。それに朝ごはんや晩ごはんのこともあるし」

「じゃあ、いっそのこと私が朝昼晩と――」

「それはいくらなんでも悪いよ」

手を振って遠慮する僕。

「あら、私は先輩の妻なんですから平気ですよ」

真由ちゃんは晴れやかな顔でそう言い放った。

「つ、妻じゃないでしょ」

「妻（予定）です」

にっこりと口元に手を当てて笑う真由《まゆ》ちゃんに、僕は反論の言葉を失った。

「おっと、抜け駆けはさせへんで、真由」

すると、反対側から桃花《とうか》ちゃんが走り寄ってきた。

「今、妻とか言うてたな。しかも朝昼晩三食作るとか……？　と、泊りがけか？　それは一つ屋根の下っちゅーことか⁉　まさか色香でたぶらかして既成事実《きせいじじつ》を——あ、あかん、結婚するまではもっと清い交際をするべきなんや！」

って、めちゃくちゃ顔がこわばってるよ⁉

「抜け駆けだなんて。それに一つ屋根の下なんて誤解です。たまたま通学路で一緒になっただけですよ？　ね、先輩？」

「そ、そうそう、誤解だってば」

「怪しい……」

「怪しくないよ⁉」

あらぬ疑いをかけられ、僕は必死で否定する。

「真由ちゃんとは本当に偶然会っただけだから……」

だけど桃花ちゃんはまだ顔をこわばらせたままだった。

「偶然を装って雪人《ゆきと》にアプローチ……黒いで、真由！」

「あら、偶然を装っているのは那和坂《なわさか》先輩のほうじゃないですか？」

真由ちゃんが意味ありげな視線を桃花ちゃんに向けた。

それから、何かを思い出したように口元の笑みを濃くし、

「確か自宅は反対側――」

「あわわ、ち、ちゃうねん！　うちはその……えっと、日課のジョギングの最中に偶然あんたらと出くわしただけや！」

顔を真っ赤にして反論する桃花ちゃん。

嘘《うそ》だって丸わかりだけど、ここはスルーしてあげるのが優しさだ。

そこへ、

「おはよ～」

柚子《ゆず》さんがのほほんとした声をかけてきた。

珍しく今日は三人と一緒になった。普段は登校のタイミングが違うらしく、あんまり通学路で出会わないんだよね。

「……ところで、いつからなん？」

ちらっちらっと桃花ちゃんが僕と真由ちゃんを交互に見る。

「いつから、って？」

首をかしげる僕。

「一緒の登校。うち、全然知らんかった」

「ああ、ここ一週間くらいかな？　真由《まゆ》ちゃんが最近僕にお弁当作ってきてくれ――」

「手作り弁当……やと？」

桃花《とうか》ちゃんの片眉《かたまゆ》がぴくりと上がった。

「しもたぁぁぁぁっ、そんなところで差が出てるんか！」

いきなり頭を抱える桃花ちゃん。

「うちは……うちはまだまだ甘かった。雪人《ゆきと》との距離を詰めるために、真由は地道な努力を続けてたんや……あかん、このままやったらあかん……うぐぐ」

まるでこの世の終わりが来たみたいに真っ青《さお》な顔で、その場に崩れ落ちてしまう。丸くなった背中や震える肩が哀愁《あいしゅう》を誘った。

「元気出しなよ、桃花ちゃん～」

柚子《ゆず》さんが、そんな彼女の頭をよしよしと撫《な》でて慰《なぐさ》めていた。

「うう、柚子はほんま優しいなぁ」

立ち上がった桃花ちゃんが柚子さんにすがりつく。

と――、

「……あれ、夏瀬《なつせ》真由じゃない……？」

「……聞いた、あの噂《うわさ》？　涼しい顔して、裏では……」

「……聞いたよ。あの娘《こ》のせいで新井《あらい》さんが……」

なんだ？

唐突に聞こえてきたヒソヒソ話に、僕は眉《まゆ》をひそめた。

陰口みたいに聞こえるけど——。

目を向けると、数人の女子生徒がこちらを見ていた。

どれも初めて見る顔だ。

いや、こちらを見ているわけじゃない。

見ている相手は真由ちゃんだ。

険しい顔で——まるで憎むみたいな顔つき。

「どうしたん、雪人？」

「早くしないと遅刻しちゃいますよ、先輩」

いつの間にか前を行っている桃花ちゃんと真由ちゃんに呼びかけられた。

「う、うん、今行くよ」

思わず立ち止まってしまっていた僕は、慌てて皆《みんな》の後を追った。

「遅いな、真由ちゃん」

腕時計を見ると、すでに昼の十二時半を回ろうかという時刻だった。

一緒に昼ごはんを食べるために中庭で待ち合わせしたんだけど、まだ来ない。

ぐう、とお腹が鳴る。

「様子を見にいったほうがいいか……」

嫌な予感がして、一年生の教室がある二階へと急ぐ。

中庭から二階に行くためには階段が二か所あるんだけど、僕が上がっているほうの階段はあまり利用者がいない。

人気がなくてひっそりしていた。

「なんとか言ったらどうなの？　え？」

踊り場の辺りを過ぎると、険悪な声が聞こえてきた。

僕は歩みを止め、陰からそっと様子をうかがう。

「あれは……！」

真由《まゆ》ちゃんを女子生徒が取り囲んでいる。

だけど、その雰囲気があまりにも悪い。

ツリ目が特徴的な一人の女子が眉間《みけん》に皺《しわ》を寄せて、思いっきり真由ちゃんにくってかかっている。

取り巻きたちは、彼女と一緒に真由ちゃんを包囲するような形で逃げ道を塞《ふさ》ぎ、壁際へ追いこんでいる。

「……なんのことですか？」

鋭い視線を平然と受け止め、そう問う真由ちゃん。

「しらばっくれないでよ。二組の新井《あらい》さんが怪我《けが》したの、あんたのせいでしょ！」

彼女はすごい剣幕で叫んだ。両手で壁をどんと突いて詰め寄る。

「中学であんなことがあったのに、また繰り返す気なの？」

逃げ場を失い、至近距離でにらまれてなお、真由ちゃんは毅然《きぜん》としていた。

「言いがかりはやめてください」

本気で知らない、といった様子だ。

「中学のときもそうだったじゃない。三年の久保《くぼ》先輩も、五組の安藤《あんどう》さんも……皆《みんな》、あんたに関わった直後にケガしたのよ。そして、この学校でも……いくらなんでも偶然のはずないじゃない」

「全員、陰で私の悪口を言っていた人たちですよね」

真由ちゃんは淡々とした口調で言い返した。

「何よ、その態度は！」

さらに怒声を上げる彼女。

――って、見てる場合じゃない！　止めなきゃ！

僕は慌てて割って入った。

「ち、ちょっとやめなよ」

「……部外者は引っこんでて」

怖い顔でそのツリ目の娘《こ》ににらまれた。

迫力にひるみそうになるけど、グッとこらえて相手の視線をなんとか受け止める。

しかし、彼女は不快そうに鼻を鳴らした。

「なんにも知らないんだね」

「えっ」

驚いて彼女を見つめる僕。

ツリ目のその娘は不快そうに真由《まゆ》ちゃんをにらみ、それから僕に視線を戻した。

「あたしはこの娘のこと、中学から知ってるんだ。夏瀬《なつせ》に関わると必ず不幸な目に遭《あ》うって。けっこう噂《うわさ》になってたんだよ？ 疫病神《やくびょうがみ》だね」

「な、何を言ってるんですか……」

「夏瀬の周りにいる人間が、何度も不自然な事故に遭ったんだ。夏瀬と仲が良くなかった娘とか、成績トップの座を競っていた娘とか。夏瀬に不都合な人間ばかりが、まるで狙《ねら》われているみたいに何人も何人もね」

狙われている、という言葉を強調して、彼女が言い放つ。

「そんなの言いがかりですよ！ ただの偶然か何かでしょう」

僕は思わず声を上げた。

誰《だれ》かに怒声をぶつけるなんてすごく苦手だけど。

すごく嫌だけど。

でも、今の中傷《ちゅうしょう》はさすがに見過ごせなかった。

「どうだか。あー、何？　あんたこの子が好きなの？」

顎《あご》をしゃくるようにして、嫌味な口調で言い放つ彼女。

僕は思わず言葉を詰まらせた。

「悪いことは言わないから、やめたほうがいいよ。不幸な目に遭いたくないでしょ？」

「そんなこと関係ありませんよ！」

僕はふたたび声を大きくした。

真由ちゃんへの根拠のない中傷も含めて、なんでそんなふうに決めつけるんだろう。

怒りを覚える以上に悲しくなってくる。

「……ふん、物好きね」

彼女はもう一度鼻を鳴らして背を向けた。

追従する取り巻きともども去っていく。

「まあ、せいぜい気をつけなよ。怪我《けが》でもしないように祈っておいてあげる」

遠ざかるその後ろ姿を、僕はきつくにらんだ。

「さっきはありがとうございました」

一緒に中庭まで行くと、真由《まゆ》ちゃんが僕に一礼した。

ここなら人気もあまりなくて静かだし、彼女の気持ちも落ち着くかもしれない。

「大丈夫だった、真由ちゃん？」

「……平気です。慣れてますから」

真由ちゃんは怖いくらいに無表情だ。なんでもないというふうに肩についたホコリを手で払っている。

「慣れてるって……」

僕は思わず声を震わせた。

彼女の知らない一面を目《ま》の当たりにして、戸惑いを隠せない。

「中学のときにも、こういうことはあったんです」

真由ちゃんは平然とした顔で告げた。

「さっきあの人が言ったみたいに、そういう事故に遭《あ》う人が何人もいました。疫病神《やくびょうがみ》っていう言葉、当たっているかもしれません」

「……不幸な偶然が重なっただけだよ。そんな理由で真由ちゃんを非難するなんておかしい」

「他にも理由はあるんです。私の家って昔はけっこう貧乏で……いわゆる成金なんですよね」

真由ちゃんが苦笑する。

「それを快《こころよ》く思わない家もあるみたいで。金持ちになったとたん、急に態度が悪くなったとか、偉ぶってるとか。そういう背景もあって、事故は私が裏で仕組んだことだって噂《うわさ》になって……段々と私を敬遠したり、嫌ったりする人が出てきたんです」

「そんな！　ただのやっかみじゃないか、そんなの」

僕は思わず声を上げた。

ひどい言いがかりだと思った。

中学のころからずっと今みたいに——傷つけられてきたのか。

「私、先輩が思ってるより腹黒かもしれませんよ」

普段明るくてハキハキとしている真由ちゃんの表情に陰があった。

今まで見たことのない暗い表情に、僕は息を詰まらせる。

「ちょっと悪戯《いたずら》が好きなのは知ってるけど、誰《だれ》かを傷つけたり苦しめたり……真由ちゃんはそんなことはしてないでしょ。するはずがないよ」

こわばった彼女の気持ちを少しでも解《ほぐ》してあげたくて、僕は必死に言いつのった。

「中学のとき、周りの誰もそんなことは言ってくれなかった」

真由ちゃんが小さく首を横に振る。

「あの娘《こ》は自分の気に入らないものを、汚いことを仕組んで排除する人間だって……一人が敬遠しはじめるとどんどん広がって、皆《みんな》が私を仲間はずれにするんです。誰《だれ》も味方になってくれませんでした」

真由ちゃんの告白に胸が詰まった。

知らなかった。

真由ちゃんが中学のときに、そんな立場に置かれていたなんて。

学年が違うから普段一緒に過ごすことはなかったし、図書委員会で会うのも月に一回か二回だった。

僕は彼女のことを知っているようで、何も知らなかったのかもしれない。

「先輩は」

ふいに、真由《まゆ》ちゃんが顔を上げた。

「私の味方ですか？」

その顔を見て、ハッと息を呑《の》む。

まるで捨てられた子犬のような——。

そんな、寂しげな顔。

「味方に、なってくれますか？」

「当たり前だよ」

僕は間髪《かんはつ》いれずにうなずく。

守ってあげたい。

そんな思いが胸の奥を熱く突き上げる。

「たとえ、誰がどう非難しようと、僕は真由ちゃんの味方だから」

「……ごめんなさい。ちょっと弱気なこと言っちゃいましたね。忘れてください」

首を振って、真由ちゃんは弱々しくほほ笑んだ。

「でも、味方だって言ってくれて嬉《うれ》しいです」

それは、今にも崩れそうなほど脆《もろ》くて、繊細で、切なげな笑顔だった。


翌日、通学路で僕はいつものように真由ちゃんに出会った。

「おはようございます、先輩」

「お、おはよ」

昨日あんなことがあった後だから、つい目が泳いでしまう。

真由ちゃんを前にどんな顔をしていいか分からない。

「？　元気ないですね。どうかしましたか？」

キョトンと首をかしげる真由ちゃん。

長い黒髪をかき上げて笑いながら、

「もしかして私に見とれてました？」

と言った。

「えっ」

予想外の言葉に、僕はますますキョドってしまった。

「恋する瞳《ひとみ》でしたよ？　妻ロワで私への秘めた想いに気づいちゃったんですね？」

真由《まゆ》ちゃんはそんな僕の反応がおかしかったのか、さらに翻弄《ほんろう》しようとする。

あいかわらず冗談なんだか、本気なんだか分からない態度。

でも、少し安心した。

昨日あんなことがあったから心配だったけど、いつも通りの真由ちゃんだ。

「転校することになったそうですよ、彼女」

「えっ？」

今度は違うベクトルで、また驚く僕。

「親の仕事の都合で急に決まったとか……あの後、クラスの噂《うわさ》で聞きました」

真由ちゃんを壁際に追いつめ、散々嫌味を言っていた彼女のことを思い出す。

転校……するんだ。

突然のことに、まさかという思いが強くなる。

ホッとしたような、でもどこか釈然としないような気持ち。

とりあえず真由ちゃんが平気そうにしているのが救いか。

「……どうかしました？　私の顔、さっきからジッと見て。あんまり見つめられると、恥ずかしいです」

言葉とは裏腹に、真由ちゃんは無表情だった。

怖いくらいに、無表情だった。

※　※　※

妻ロワの四つめの課題は社交ダンスだった。

きらびやかなシャンデリアに照らされた無駄に豪華なダンスホールで僕は三人の候補者と順番にダンスをしている。

といっても、社交ダンスなんて当然初めてでステップも何も分からない。僕は着慣れないタキシード姿でデタラメにステップを踏むだけだった。

今踊りの相手を務めてくれている柚子《ゆず》さんもそれは同じらしい。優雅なワルツの音楽が流れる中、たどたどしい足取りを繰り返している。

ちなみに柚子さんの衣装は胸元がかなり大胆に露出していて、ときどき深い谷間が目に入って、僕のステップもますます怪しくなっていく。

右手に伝わる柔らかな柚子さんの手の感触や、左手に感じる背中の感触もそれを加速させていった。

「きゃんっ」

すると、柚子《ゆず》さんが足を滑らせ、派手に転んでしまう。

「す、すみません、大丈夫ですか⁉」

僕は慌てて手を差し伸べ、すぐに彼女を起こそうとした。

「あ……」

長いスカートがまくれ上がっているのが目に入る。

ミルク色をした綺麗《きれい》な太ももがあらわになっていた。しかも、その付け根に見える布地は縞《しま》模様《もよう》で――。

「あー、雪人《ゆきと》くんのえっち～！」

スカートを押さえた柚子さんが軽くめっとした。

「わ、わざとじゃないですからっ」

謝ったもののさっき見たパンチラが頭から離れない。

ちらりと覗《のぞ》いた太ももやぱんつから漂う色香とか、見てはいけないものを見てしまったタブー感なんかが混じり合い、胸の中を痛いくらいにかき乱された。

心臓はドキドキし通しで上の空のまま、次は桃花《とうか》ちゃんと踊り始める。

彼女は柚子さんとは比べ物にならないほど洗練されたステップだった。

不慣れな僕を見事にリードする姿に感心していると、突然音楽にノイズが走った。

「えっ⁉」

リズムに乗っていた桃花ちゃんのステップが乱れる。

「桃花ちゃん――」

心配になって声をかけると、彼女からは力強い返事が返ってきた。

「大丈夫やっ……」

それでも、すぐに何ごともなかったかのようにステップを立て直す桃花ちゃん。

ノイズの影響《えいきょう》をものともせず、今まで以上に流麗《りゅうれい》な動きで僕をリードする。

すごい――。

まさに圧巻の踊りに息を呑《の》んだ。

その後、僕は真由《まゆ》ちゃんと踊り、第四課題は終了した。

アクシデントに見舞われたにもかかわらず、評点を一番集めたのは桃花ちゃんだった。

「ふうっ……どうなることかと思った」

ダンスが終わった後はずっと険しい表情だった桃花ちゃんだけど、結果発表を聞いてようやく表情を和らげる。

四種目を終えてのトップは桃花《とうか》ちゃん。

「桃花ちゃん強いね〜……もぐもぐ」

感心したような顔でつぶやきつつ、お菓子を食べている柚子《ゆず》さん。

こっちはこっちでマイペースというか。

「このままトップを独走して、雪人《ゆきと》の正妻の座はうちが必ずもらうっ！」

闘志をあらわに、桃花ちゃんはそう宣言した。


第五の課題は知識を競う学力テストだった。

国語や英語、数学といった学校で習うものから、政治や経済の情勢まで、幅広い科目から出題される。

「今回もトップは譲らへんからな」

「ふふ、今度こそ追い越してみせます」

開始直前、桃花ちゃんと真由《まゆ》ちゃんが火花を散らしている。

「二人ともすごいやる気だね〜」

柚子さんがのほほんとした様子で、そんな二人を見つめる。

「お待たせしました。時間になりましたので、第五の課題を始めます」

と、今回の会場である教室に、東雲《しののめ》さんと四人の審査官が入ってきた。

三十枚はありそうな問題用紙と、解答用のマークシートをそれぞれ真由ちゃんたちに配っていく。

「解答時間は一時間ちょうどです。では、始めてください」

東雲さんの声とともに、教室に問題用紙をめくる音と、鉛筆を走らせる音が響《ひび》く。

妻ロワもそろそろ終盤。ここからは総合トップを目指して、今まで以上にシビアな戦いが繰り広げられていくはずだ。

僕は身じろぎもせずに、問題用紙と格闘する三人を見つめていた。

結果——真由ちゃん、桃花ちゃんともに高得点だったんだけど、意外にもというべきか、一番点数が高かったのは柚子さんだった。

何しろ飄々《ひょうひょう》とした態度で百点満点を連発したのだ。

「さすがにこれはちょっと勝てないですね……」

「うう、悔しい……うぐぐ」

歯噛《はが》みする真由ちゃんと桃花ちゃん。

一方の柚子さんは得意げに豊かな胸を反らし、

「えへへ、あたしの勝ちだね〜」

こうして柚子さんが二人との差を詰めたものの、桃花ちゃんの総合トップは変わらず。

そして、数日後には第六課題である裁縫勝負へとなだれ込んだ。

「ふん、うちは裁縫の特訓もしてきたんや」

自信たっぷりに言い放った桃花ちゃんが、鮮やかな手つきで手元の布に刺繍《ししゅう》を施していく。

芸術品のように美しく、それでいて速い。

「すごいね、桃花ちゃん……」

「妻のたしなみやからな」

僕の言葉ににやりと笑った桃花ちゃんの縫製スピードがさらに上がり、綺麗《きれい》な刺繍が出来上がっていく。ほとんど職人技といっていい。

後続の真由《まゆ》ちゃんと柚子《ゆず》さんをどんどん引き離していく。

このペースなら勝利は決定的だ。

そう僕が確信したとき、ぱきん、という硬質の音が唐突に響《ひび》いた。

「えっ……!?」

桃花《とうか》ちゃんが呆然《ぼうぜん》とした顔で手を止める。

折れていた。

手元の針が。真ん中から。

「か、代わりの針を！　早く！」

僕は慌てて叫ぶ。

「は、はい、ただ今」

審査員の一人が手元に置いてある裁縫箱から予備の針を取り出そうとした。

その顔がすぐにこわばる。

「えっ、ない……!?」

「どうしたの？」

不審げにたずねる審査官の東雲《しののめ》さん。

「あの、替えの針がなくなっているんです……確かに箱に入れたはずなのですが」

「なぜちゃんと確認しておかないの！　どこかにないか探してきなさい。他の者も早く」

「は、はい」

東雲さんの叱責《しっせき》を受けた四人の審査員が散り散りに部屋を飛び出していく。

が、替わりの針を探すのに手間取っているのか、なかなか戻ってこない。その間にも時間はどんどん過ぎていく。

「まだか……」

桃花ちゃんの顔にも次第に焦りの色が濃くなっていった。

あれだけ差をつけていたのに、気がつけば真由ちゃんが逆転している。

「申し訳ありません。替わりの針をお持ちしました！」

ようやく審査員が新しい縫い針を持ってきたけど、すでに再逆転は無理っていうくらいに差が開いていた。

「貸して！　まだ……追いつける！」

だけど、桃花《とうか》ちゃんは諦《あきら》めるつもりはないらしい。その針を受け取ると、ふたたび猛スピードで刺繍《ししゅう》を再開した。

速い！　さっきよりもさらにスピードが上がっている。

もしかしたら、追いつけるかもしれない――。

僕は一心に刺繍を続ける桃花ちゃんの姿に魅入られていた。

その速さは、彼女の妻ロワに懸《か》ける思いそのものだ。

真由《まゆ》ちゃんも予想外の追い上げに驚いたのか、ちらちらと横目で桃花ちゃんを見つつ、それでも冷静に刺繍を進めていく。

追う桃花ちゃん。

逃げる真由ちゃん。

残り時間は刻々となくなっていく。

もう二人の差はほとんどない。

「まだや……まだまだ！」

最後まで諦めない桃花ちゃんだけど、現実は無情だった。

——結局、ほんのわずかな差で届かず、この課題は真由ちゃんの勝利に終わった。

これによって真由ちゃんが総合ポイントで逆転し、桃花ちゃんは二位に転落。

みすみす勝利を目前で逃してしまった上に、総合順位でも抜かれてしまった桃花ちゃんは、文字通りその場に崩れ落ちる。

「この日のために頑張ってきたのに……なんで、こんなことに……」

ぽつりとつぶやく桃花ちゃんの顔はすごく悲しげで、見ているこっちまで胸が痛くなった。

なんとも後味の悪い幕切れだった裁縫勝負が終わり、室内には嫌な空気が漂っている。

桃花ちゃんはさっきまで控え室にいて、戻ってきたときは真っ青《さお》な顔だった。血の気が引いている。

六つの課題を終えた時点で、ポイントで見ると真由ちゃんが頭一つ抜け出していた。

続出したアクシデントがなければ、あるいは桃花ちゃんがトップだったかもしれないけど……。

そして残る課題はあと一つ。

あと一つで、いよいよ正妻が決定する。

「皆様、今日もお疲れさまでした。最後の課題については一週間後に行われます。それまで鋭気を養われますよう」

東雲《しののめ》さんが一礼して去っていく。

「ふん、婚活は一筋縄ではいかないのよ。この私ですら、中々いい男を捕まえられないんだから……こんな小娘たちが、簡単に夫をゲットするなんて許せない……だから、争え……もっと争え……」

——って、何か呪詛《じゅそ》みたいな言葉を延々とつぶやいてる!? 怖いよ！

場に妙な空気が流れた後、今度は真由《まゆ》ちゃんが、

「私もそろそろ帰ります。また明日、学校で」

そう言って去ろうとしたところで、急に振り返った。

僕をジッと見つめる。

「えっ、何……？」

「あ、先輩。最後の課題でも私、絶対に勝ちますから。そしたら——あなたの妻にしてくださいね？」

勝利宣言とも取れる言葉を、真剣な表情で告げる真由ちゃん。

「ちょっと待って、真由」

ふいに桃花《とうか》ちゃんが詰め寄った。その表情がいつにも増して険しい。

「なんでしょう」

「いくらなんでも、これはおかしいで」

平然と首をかしげた真由ちゃんを、桃花ちゃんがにらむ。

口調も、視線も、周囲をたじろがせるほど鋭いものだった。

「おかしい、とは？」

真由ちゃんは動じない。

「はっきり言ってもらわないと分かりません」

「インチキしてないか、って聞いてるんや！」

全身から怒気を立ち上らせた桃花ちゃんが、肩をいからせてさらに詰め寄った。

「……私が不正をしているっていうんですか」

真由ちゃんの表情がこわばった。

「プールのときといい、今回のことといい……うちや柚子《ゆず》に不利に働くようなアクシデントばっかり。偶然にしてはできすぎやろ」

刃《やいば》を突きつけるような桃花ちゃんの糾弾《きゅうだん》。

「だからって、私のせいにするんですか？」

「状況証拠《しょうこ》がそろっとる。……なあ、雪人《ゆきと》はどう思うん？」

桃花ちゃんが険しい顔のまま僕を見る。

真由《まゆ》ちゃんもすがるような顔で僕を見る。

「僕は――」

体力測定のときに、桃花《とうか》ちゃんや柚子《ゆず》さんの水着が破れたり――。

裁縫勝負で針が折れたり――。

確かに、そのどれもが桃花ちゃんと柚子さんの身にだけ起こり、真由ちゃんは無事だった。

やっぱり真由ちゃんが何か――。

「いや、そんなはずない」

頭の片隅に浮かんだ考えを、僕は必死で否定した。

彼女が不正なんてするわけない。

「真由ちゃんはそんなことする娘《こ》じゃないよ」

「でも、うちには偶然やなんて思えへん！」

「言いがかりはやめてください！　先輩も言ってくれてるじゃないですか。私は何もしていないのに……」

この間、女子生徒に因縁《いんねん》をつけられていた真由ちゃんの姿を思いだす。

「桃花ちゃん、落ち着いて。真由ちゃんも知らないって言ってるんだし」

「落ち着けるわけないやろ！」

桃花ちゃんはポニーテールを振り乱して叫んだ。

怒りだけじゃない、悲しみややるせなさの混じったその表情は、見ているだけで辛《つら》くなるくらいに切ない。

「桃花ちゃん……」

「うちは真剣なんや。家のためにも、自分自身の人生のためにも、あんたの妻になる道を選んだ。でもそれはあくまでも正々堂々《せいせいどうどう》勝ち取るものや。卑怯《ひきょう》な真似《まね》までして勝ったとしても、なんの意味もない」

桃花ちゃんの妻ロワに懸《か》ける思いに僕は圧倒された。

それは、たぶん三人の中で彼女が一番強いんだと思う。

真剣な気迫が、その表情に、言葉の節々にあふれている。

「そもそも、偶然にしてはできすぎなんや。それとも……雪人《ゆきと》は真由の肩を持つんか？」

「そうは言ってないよ！」

僕の言葉に桃花ちゃんはハッと目を見開いた。

それから落胆したように肩を落とす。

「うちは……卑怯な手を使うヤツは大嫌いや。たとえ負けても正々堂々と――」

「そういうのは恵まれた幸せな環境にいる人の綺麗事《きれいごと》じゃないですか？」

真由ちゃんが向ける視線はナイフのように鋭く、桃花ちゃんを突き刺す。

そこには、いつもの明るく溌剌《はつらつ》とした彼女の姿はなかった。

「真由《まゆ》、あんた……！」

桃花《とうか》ちゃんのほうも、その鋭い視線を受け止めながら、同じくらい鋭い眼光で切り返す。

ギスギスした嫌な空気が流れる。

と、

「あれ、なにこれ～？」

不思議そうな声を上げたのは柚子《ゆず》さんだった。

ひょい、とさっきの裁縫勝負で桃花ちゃんが使っていた針を拾い上げている。

途中で折れてしまった、あの針だ。

「どうかしたんですか、柚子さん？」

「んー」

針をジッと見つめる柚子さん。

「これ、よく見て～」

言われて僕はそれに目を凝らした。

銀色の針。綺麗《きれい》に折れた断面がそこにあった。

「たぶん、最初から切れ目が入ってたんじゃないかな」

「そうなんですか？」

「ペンチか何かで傷つけたみたいな跡があるもの～」

もう一度目を凝らす。

確かに——言われてみれば、不自然な傷跡があった。

そもそも、審査官が事前のチェックとかで気づかないんだろうか、こういうのって。

驚いて柚子さんを見つめる。

「なるほど、針が折れたんはそういう理由やったわけか」

桃花ちゃんがキッとした顔で真由ちゃんをにらんだ。

「わ、私は知りません」

その迫力に初めてたじろぐ真由ちゃん。

「……でも、もしかして——」

何かを言いかけようとした真由ちゃんの言葉を遮《さえぎ》り、

「他に誰《だれ》がおるんや？　うちが得点を伸ばせへんかったおかげで、あんたは総合トップに躍《おど》り出たんや！」

さらに桃花ちゃんの糾弾《きゅうだん》は続く。

でも、本当に彼女がそんなことを……？

「先輩は信じてくれないんですか？」

真由ちゃんの切実な問いかけが胸に突き刺さる。

「雪人《ゆきと》！」

「雪人《ゆきと》くん～」

桃花《とうか》ちゃんや柚子《ゆず》さんの食い入るような視線を感じる。

「僕は――真由《まゆ》ちゃんを信じてる」

僕は全員に宣言するように、そう言い切った。

当たり前だ。

真由ちゃんが不正なんてするはずがない。

そんな思いを込めて、彼女の手を取ろうと僕は手を伸ばした。

「先輩……」

真由ちゃんの顔が一瞬、まるで泣き笑いのような表情を浮かべて、やがて歪《ゆが》んだ。

「私は、先輩が思っているような女じゃないかもしれませんよ？」

「ど、どういう意味……？」

予想外の言葉に僕は顔をこわばらせ、伸ばしかけた手を止めた。

桃花ちゃんや柚子さんも驚いたように息を呑《の》んでいる。

だけど、僕の問いには答えず、真由ちゃんが自嘲《じちょう》気味に笑った。

「ごめんなさい、先輩」

えっ、どうして謝るの？
そうじゃないだろ。
違うって言ってよ、真由《まゆ》ちゃん。
でも、その真由ちゃんはおびえたような顔で僕を見つめているだけだ。
「……結局こういうふうになっちゃうんですね。いつも。私は」
切れ長の瞳《ひとみ》にうっすら涙を浮かべて、そう言い残すと、背を向けて足早に去っていく。
そんな彼女に僕は何も声をかけられなかった。
中途半端《ちゅうとはんぱ》に伸ばした手は、空をつかんだままだった。

正妻の座は渡さない！

I don't give anyone position of legal wife!

4

I don't give anyone position of legal wife!

sect.4

正妻の座は誰の手に？

翌日は一日中気分が晴れなかった。

頭の中ではずっと昨日の出来事がぐるぐる回っていて、今日一日どんなふうに過ごしたのかも覚えていない。

「はあ……」

「ため息ばっかりやな、雪人《ゆきと》」

隣の席の桃花《とうか》ちゃんが心配そうな顔で僕を見ていた。

そういう桃花ちゃんもあまり元気がないように見える。

「……そんなにため息ばっかりついてた、僕？」

「今ので百七十三回目」

「数えてたの⁉」

驚く僕を、桃花ちゃんはなおも見つめる。

「妻として夫のサポートをするためには、日ごろからの観察が大事やろ？」

したり顔で言う彼女に思わず苦笑いする。

「んー、元気ないなぁ……あ、そうや」

桃花ちゃんが、ふいに何かを思いついたように言った。

ぴんと人差し指を立てて、にっこりと笑う。

「なー、これからファミレス行かへん？」

「ファミレス？　どうして？」

唐突な提案にぽかんとなる僕。

「腹が減っては戦《いくさ》はできぬ、病《やまい》は気からや」

「どっちも微妙に意味違うような」

ちょっと呆《あき》れつつも、その気遣いはありがたかった。

「気が滅入《めい》ってるときは気分転換せな」

それは一理あるか……。

「あーもう、柚子《ゆず》も一緒におったらよかったのに。さっき廊下で会ったけど、あの娘《こ》、なんかつまらなさそうな顔ですぐ帰ってしもたしなぁ」

ふと時計を見ると、もう四時前だった。

もちろんとっくに授業は終わっているし、教室の中には僕らの他に一人二人残ってるくらいだ。

どれくらいの間ボーッとしていたんだろうか。

自分で思ってるより重症かもな……。

「ほら、行こ行こ」

桃花ちゃんが強引に僕の手を引っ張り、席から立たせようとする。

「わ、分かったよ、分かったから」

半《なか》ば無理やり連れ出される。

「うちなー、新作のパフェが食べたい」

校舎を出てファミレスに向かいながら、桃花《とうか》ちゃんがワクワク顔で語った。

「今日はたこ焼きじゃないんだ？」

珍しいな、と思いながら、たずねる僕。

「もう。いつもいつも粉ものばっかり食べてるわけちゃうで」

軽く拗《す》ねたように言ってから、桃花ちゃんが小さく笑う。

「あ、でも、ほぼ毎日食べてたかも……だって美味《おい》しいやん」

「あはは、ソウルフードだもんね」

「そやそや」

彼女に釣られて、つい笑みを漏らしてしまった。

素直で明るい彼女の笑顔に心がふっと軽くなる。

やがて学校から十分ほどの場所にあるファミレスに着き、店内に入った。

夕方という時間帯のせいか、学生っぽいお客さんが多い。そこにちらほらと家族連れも混じっている感じ。

席に通された僕らは、向かい合って座った。

「桃花ちゃんは何にする？」

メニュー表に目を通しながらたずねると、桃花ちゃんがぽつりとつぶやいた。

「……らぶいちゃ」

よく分からない言葉に思わず間の抜けた声を出してしまう僕。

「ええなぁ、これ……」

桃花ちゃんは、ほわん、と夢見るような瞳《ひとみ》で空中を見ている。

僕は呆気《あつけ》にとられてたずねた。

「と、桃花ちゃん、どうかした？」

「こんなん……雪人《ゆきと》と一緒に……」

「桃花ちゃん？」

「あわわわ、な、な、なんでもあらへんっ」

なぜか真っ赤になった顔をメニュー表で隠す桃花ちゃん。

落ち着かない様子で、やけにもじもじとしている。

「そ、それより、雪人は何にするん？」

「えっと、僕はオムライスにするよ」

その態度を不審に思いつつ、僕はそう答えた。

「うちはたこ焼きと……えっと、うちがまとめて注文しとくな」

言って、桃花ちゃんが店員さんを呼ぶと、てきぱきと二人分の注文をする。

しばらくして僕らの元にメニューが運ばれてきた。

——のはいいんだけれど。

「ご注文のオムライスと『ラブイチャWパフェ』をお持ちしました」

「こ、これがっ……⁉」

桃花ちゃんの声が裏返った。

僕も言葉を失う。

大きなイチゴがいくつも乗ったストロベリーパフェ。

——それはいいんだけど、パフェにはスプーンが二本さされていた。

いわゆるカップル仕様だ。

「ラブイチャ……パフェ？」

僕は呆然《ぼうぜん》としたまま目の前のパフェを見つめる。

さっき桃花ちゃんが注文していたときは、早口でパフェってことしか聞き取れなかったんだけど、まさかこういう代物を頼んでいたとは。

「お二人で甘々らぶらぶな時間を過ごしていただけるようストロベリーをたっぷりと乗せてあります。どうぞ召し上がってください」

店員さんの商品説明は、なんとも甘酸《あまず》っぱくも恥ずかしい。

「あ、甘あままままままままままま、いちゃらぶるるぶ……あわわ」

桃花《とうか》ちゃん、呂律《ろれつ》が回ってなさすぎだよ。

内心でツッコみつつ、正直言うと僕も照れていた。

店員さんはほほ笑ましそうに僕らを見て、去っていく。

「うちらは別に、そんな、だから、そのっ」

「桃花ちゃん、落ち着いて」

「ちゃうねん、うちらは惚《ほ》れた腫《は》れたの関係やなくて、もっと事務的な、政略的な……だ、だだだって、うち男の人とそういうの、経験ないし……あのそのっ」

「桃花ちゃん、どうどう」

テンパりまくる桃花ちゃんをなだめる僕。

ぜーはーと息をつきながら、桃花ちゃんは僕を見つめた。

「ど、どうすればいい？　うちら、これをどうすればいいんや？」

その目が泳ぎまくっていた。

「どうって……せっかくだし食べようよ」

「いやぁぁぁぁぁっ、そんな恥ずかしいこと、うちできひん！　できひんわ！」

絶叫する桃花ちゃん。

いやいや、そもそも注文したのは桃花ちゃんでしょ。

内心でツッコミを入れつつ周囲にそっと目を向けると、店内がどよめき、客たちの視線が僕らに集中しているのを感じた。

「……ごめん。なんか目立ってしもたな」

桃花《とうか》ちゃんはすまなそうに頭を下げた。

「つい注文してしもたんやけど、いざ実物が来ると……」

「そんな。謝らなくてもいいってば」

僕はにっこりとうなずく。

テンパりすぎじゃないかとは思うけれど、こういう純朴《じゅんぼく》な反応が桃花ちゃんの可愛《かわい》らしさだしね。

普段の凛々《りり》しさと今みたいなときのギャップにはけっこう戸惑うけど。

「あ、そうや。ここも那和坂《なわさか》の系列なんやで」

桃花ちゃんが何か思い出したかのように話題を変えた。

前に聞いた話だと、那和坂家は御神財閥《みかみざいばつ》の食品部門を統括している家、っていう話だった。

「元々はたこ焼きチェーンだけをやってたんやけどな、それが成功して、御神本家に認められるようになって、今ではファミレスとか他の食品チェーンも一手に任されてるんや」

さっきとは打って変わって自信ありげに説明する桃花ちゃん。

思わずそのギャップを噛《か》みしめていると、

「どうかしたん？　うちのことジッと見て」

キョトンとした顔で桃花ちゃんがたずねてきた。

「えっと、実家のことを話すときの桃花ちゃん、本当に嬉《うれ》しそうだな、って思って」

ドキッとしながら、答える僕。

「楽しそうなお客さんがいっぱい入ってるのを見ると、これがうちの家の仕事や、って誇りに思えるんや。那和坂は大勢の人を笑顔にするっちゅー理念を持って働いてきたからな。慈善事業なんかにも力を入れてんねんで？　うちの親も、その親も、その親の親も……ずっと」

誇り、か。

日常生活でそういう単語を使う機会は、僕にはない。

でも桃花ちゃんにはあるんだ。

胸を張って言えるものが——。

なんだか桃花ちゃんがまぶしく見えた。

「うちがこの妻ロワに参加したのも、家のためや。別に家の犠牲《ぎせい》になるつもりやない。家のために生きていくことが、この仕事を守ることになるから……こういう笑顔をもっとたくさん増やせると思うから……」

「笑顔を……たくさん……」

ストレートに人生の目標みたいなものを語る桃花ちゃんに、素直に感心する。

僕と同い年なのに、もうそんなことまで考えているなんて本当にすごいと思う。

「雪人《ゆきと》には、うちと夫婦になって御神《みかみ》や那和坂《なわさか》をもっと盛り立ててほしいんや。うち、雪人と一緒やったら……きっとやれると思う」

桃花《とうか》ちゃんが僕を見つめた。

まっすぐすぎるほどまっすぐな目で――。

さっきまでの空気が一変して、緊張感が張り詰めたのが僕にも分かった。

生まれたときから父さんはいなかったし、母さんも忙しくて家を空けがちだった。僕にとって、家族団欒《だんらん》っていうのは縁が薄くて、ほのかな憧《あこが》れを感じるものだった。

だから、そんな場所を作るために働くのは、すごくやりがいのあることなんじゃないだろうかと思う。

とりあえず、やってみるだけやってみる。

嫌になれば断ればいい。

妻ロワに対して軽い考えがあったことは否定できない。

だけど、桃花ちゃんに言われて、今さらながら実感が湧《わ》いてきた。

僕が進むかもしれない道。

その具体的な姿が――。

「いいかもしれないね。そういうもののために働くって。僕にはまだ、将来のこととかあまり実感はないんだけど……うん、いいかもしれない」

「ほんま⁉　雪人もそう思ってくれるん？」

桃花ちゃんが跳び上がらんばかりの勢いで席から身を乗り出す。

「桃花ちゃんって、ちゃんと将来の夢とかあって偉いよね。同い年なのに、僕よりもこれからのことをずっとしっかり考えているっていうか」

「えへへ、照れるやんか。あんまり褒《ほ》めんといて」

今度は照れたようにはにかんだ。

さっきまでの空気が、ほんわかと緩む。

「こんなこと、誰《だれ》かに言うたのは初めてや。うち、やっぱり雪人が相手でよかっ――」

そのとき、ぴろりん、とメールの着信を示す音が鳴った。

「あ、メールや」

苦笑混じりに携帯を見る桃花ちゃん。

その顔がみるみる赤く上気していく。

「どうかしたの、桃花ちゃん？」

「……桜子《さくらこ》がなあ……ゆ、雪人のことをどう思ってるんか、やって」

「えっ⁉」

「っ……！　な、なんでもあらへん！　ほんま、気にせんといて！　あわわ……」

思わず口をついた自分の言葉に、うろたえまくる桃花《とうか》ちゃん。

気にするなと言われても、そんなこと言われたら気になるじゃないか。

桃花ちゃんは僕をどう思ってくれてるんだろう？

僕は……桃花ちゃんのことをどう思っているんだろう？

それから、僕らはお互いに言葉を失ってしまった。

別れ際まで、その日の桃花ちゃんはなんだかぎこちなかった。

その光景を見かけたのは翌日、学校の帰りに駅前を通ったときだった。

今日は日直の仕事で残ったため、帰る時間がいつもより遅く、久しぶりに一人きりでの下校だ。

「……うちも、こんなふうに……はー、綺麗《きれい》やなー」

なんだなんだ？

ショーウインドウにへばりつくようにして中を見ている一人の女の子。

よっぽど夢中で見ているのか、体がせわしなく揺れて、ポニーテールがぴょこぴょこと跳ねている。

「……って、桃花ちゃん？」

「ひぁぁぁぁぁぁぁぁぁぁぁぁぁぁぁぁぁぁぁぁっ!?」

桃花ちゃんは驚きの声とともに一メートルくらい飛びあがった。

「そ、そんなに驚かなくても」

「ゆ、雪人《ゆきと》、な、なんでここに!?」

ぎくっとした顔で振り返った桃花ちゃんは、僕の視界を塞《ふさ》ぐように両手をぶんぶんと振る。

ますます怪しい。

「いや、帰り道だしさ」

なぜか彼女が隠そうとしているショーウインドウに目を向けると、純白のウェディングドレスが飾られていた。

「へえ……」

やっぱり桃花ちゃんもこういうのに憧《あこが》れたりするのかな。

「ち、ちゃうねん！　これは、ちゃうねん！　ウェディングドレスは女の子の憧れとか、素敵な結婚式を夢見たりとか、そういうアレとちゃうねん！」

ちゃうねん、ちゃうねん、ちゃうねん、を連発する桃花ちゃん。

そこまで照れることでもないと思うんだけど。

「素敵な結婚式に憧《あこが》れる、って女の子っぽくて可愛《かわい》いよ」

「きゃぁぁぁぁぁぁぁぁぁっ！　言わんといて、言わんといてぇぇぇぇぇぇっ！　うち、ほんまに恥ずかしいからぁぁぁぁぁぁぁ…………！」

桃花《とうか》ちゃんは顔中どころか全身が真っ赤になって、駆け出していった。

今日は柚子《ゆず》さんと二人っきりで下校している。

ばったり駅前で会って以来、桃花ちゃんは通学路や教室で会ってもやけにぎこちない態度で、僕を避けているようだった。

少し前までは四人でにぎやかに登下校していただけに、今の状況には思わず寂しさを感じてしまう。

「……くん？」

「えっ」

気がつけば、柚子さんが僕を見ていた。

「す、すみません、ボーっとしちゃって」

上の空だったことを謝る僕に、

「雪人《ゆきと》くん、浮かない顔してるね」

柚子さんは心配そうな視線を注いでいる。

「はい、実は……」

僕は桃花ちゃんのことを話した。

「桃花ちゃんに避けられている気がするんです」

「そうなの？　そういえば、最近二人で話してるのを見かけないね」

「この間、たまたま駅前で会ったんですけど、そのときに何か気に障《さわ》ることでもしちゃったのかなぁ……」

ため息混じりの僕の話を、柚子さんは黙って聞いてくれている。

「もしかしたら、嫌われちゃったのかな……」

いや、それ以前に僕は桃花ちゃんに好かれていたんだろうか。

「真由《まゆ》ちゃんともあんなことになって、今度は桃花ちゃんまで……」

さすがに、気持ちが沈む。

「桃花ちゃんが雪人くんのこと嫌ってるはずないと思うな。きっと、真由ちゃんもね」

柚子さんがゆっくりと首を横に振る。

「うーん、でも……」

桃花ちゃんが僕の妻になろうとしているのは、いわゆる政略結婚としてなんだし。

それは、一般的な男女の恋愛結婚とはまったく違うわけで。

「そんなにしかめっ面したらダメだよ、雪人《ゆきと》くん～」

柚子《ゆず》さんはにこやかに笑って、僕の頭をぽんぽんと叩《たた》く。

「んー、よしよし」

つま先立ちしないと手が届かないみたいで、体をぷるぷる震えさせていた。

なんか可愛《かわい》い。

思わずくすっと笑ってしまった。

「もう～、ちっちゃいからってバカにしたでしょ～」

ぷんぷんと頬《ほお》を膨らませるさまが、ますます愛らしい。

「んー、大丈夫だと思うよ～」

気を取り直して、そう言った柚子さん。

「柚子さん……」

「桃花《とうか》ちゃんは桃花ちゃんで思うところがあるっていうか～」

柚子さんが意味ありげにほほ笑んだ。

「もう少し待ってあげたら？　桃花ちゃんなりに気持ちの整理がつくまでさ」

「気持ちの整理……ですか」

もしかしたら、柚子さんには桃花ちゃんの気持ちがなんとなく分かっているのかな。そして
真由《まゆ》ちゃんの気持ちも——。

「……そっか。ありがと、柚子さん」

でも、柚子さんに悩みを相談する日が来るなんて少し驚きだった。

「じゃあ、お礼にお菓子買ってきて～。あ、相談に乗ってあげたから、今日は雪人くんのおごりでいいよね～」

「『今日は』って、いつも僕のおごりじゃないですか」

……せっかく見直しかけたのに、もう。


柚子さんと話してから数日後、拍子抜けするほどあっさりと、桃花ちゃんのほうから話しかけてきてくれた。

「ごめんな、避けてたりして」

昼休みの中庭には人気がなく、僕と桃花ちゃんの二人っきりだ。

「この間、桜子《さくらこ》から——大阪にいたころの友だちからメールが来てな。それを見て、ちょっと一人で考えたくなったんや」

前にファミレスに一緒に行ったときの話かな。

あのとき、桃花ちゃんは携帯メールを見て、思いっきりうろたえていたっけ。

「そこに書いてあったんや、うちが雪人のことをどう思っているのか、って。ファミレスで雪人にも話したやん？　自分の気持ちが急に分からなくなって、雪人《ゆきと》に会うだけで頭の中が嵐《あらし》みたいになって、何も話せへんようになって……」

桃花《とうか》ちゃんが苦笑する。

彼女はあのファミレスでメールをもらったときから、ずっと悩んでいたんだ。

まっすぐに自分の気持ちに向き合っていたんだ。

「うちは家のために雪人の妻になるって決めたけど、でも、それはうち自身の気持ちを置き去りにしているって気づいたんや」

「もし、今からでもやっぱり嫌だっていうなら遠慮することないよ。妻ロワを辞退して――」

「そういうことや、ないよ」

桃花ちゃんは優しくほほ笑んで、首を左右に振った。

「うち自身がちゃんと雪人に向き合おうと思って。家のためとか、政略結婚とか、それだけの理由やなくて……うちが雪人をどう思ってるんか、妻になりたいと心から思えるんか……ずっと考えてて、それで分かったんや」

桃花ちゃんの出した結論――。

「あのとき、雪人が言うてくれた言葉、嬉《うれ》しかった。うちの夢に少しでも共感してくれて、ほんまに嬉しかった」

桃花ちゃんがにっこりと笑う。

「もっと雪人のことが知りたい。御神家《みかみけ》の次期当主・真崎《まさき》雪人やなく、うちと同い年の男の子・真崎雪人のことが――もっと知りたい」

吹っ切れたような、爽《さわ》やかな笑顔で僕を見つめる。

「うん、僕も……桃花ちゃんのことをもっと知りたい」

にっこりとうなずき返す僕。

桃花ちゃんはスカートの端をつまみ、僕に向かって非の打ち所のない一礼をした。

「ちゅーわけで、あらためて。御神家の正妻候補、那和坂《なわさか》桃花です。よろしゅう」

※　※　※

今日も真由《まゆ》ちゃんには会えなかった。

昼休みに一年生の教室までそれとなく様子を見にいったんだけど、どうやらずっと休んでいるらしい。

そう、あの妻ロワ第六審査の日から一週間――ずっと学校に来ていないんだ。

「真由ちゃんに会ったら、話したいことがあるのに……」

会えないのは寂しいけど、いつまでも後ろ向きな気持ちじゃ駄目だ。

よし、気分転換にゲームしに行こうかな、なんて思いながら帰宅路を歩いていると、見覚えのある人影を発見した。

小柄な体をしたショートカットの女の子だ。

「柚子《ゆず》さん……？」

僕の声にも気づかず、じっとショーケースの中を見つめている。まるで、この間の桃花《とうか》ちゃんみたいだ。

もしかして柚子さんもウェディングドレスを見てるんだろうか。

デジャブを感じながら、僕はもう一度柚子さんに声をかけた。

「どうかしたんですか、柚子さん？」

「んー……あれ」

振り返った彼女は、ひょこっと目の前のショーケースを指さす。

そこにあったのはウェディングドレス――ではなく、お菓子の袋だった。

通りがかったのはアミューズメント施設の前なんだし、ウェディングドレスのわけないよね、と内心で苦笑する僕。

「限定販売の『爆裂炸裂抹茶味《ばくれつさくれつまっちゃあじ》チョコスティック』が景品になってるの～。いいな～、ほしいな～」

「ば、爆裂……何？」

お菓子の名前なんですか、それ？

「美味《お》しそうだよね～」

柚子さんの目がきらきらと輝いていた。

「どっちかというと強そうなネーミングですよね」

苦笑混じりに答える僕。

でも、それが柚子さんの琴線《きんせん》に触れたんだろうな。

「ほしい……じゅるり」

「柚子さん、よだれよだれ」

慌ててハンカチを取り出し、柚子さんの口元をぬぐう。

「ねー、雪人《ゆきと》くんはどうしてここに～？」

「あ、ちょっとやりたいゲームがあって来たんです。家計をやりくりして、月に何回か遊ぶ程度ですけどね」

「じゃあ、ときどきこういうところに来るんだ～。そうなんだ～」

柚子さんが何かにすがるように僕を見つめた。

「クレーンゲームっていうんだよね、確か」

「えっ、知らなかったんですか？」

意外に思ってたずねる僕。

「こういうところに来たの初めてだから～。それで、挑戦しようかな～って見てたんだけど、こういうのってコツがあるんでしょ？」

ほわんとした笑顔で説明する柚子《ゆず》さん。

「いいな～、ほしいな～」

ちらっちらっと僕に視線を送ってくる。

「えっ？　これは、僕に取って欲しいっていうことですか？」

うーん、クレーンゲームはあんまりやったことないんだけどなぁ。

「早く♪　早く食べたい♪」

「すごい期待されてる!?」

じいっと見つめてくる柚子さんに、ちょっと焦る。

でも、せっかくだから期待に応《こた》えたい。

「あの、絶対取れるわけじゃないですからね」

「ごーごー雪人《ゆきと》くん～」

「コツとかも全然分からないですよ」

そう断りつつも、僕は柚子さんと一緒に施設内に入る。

彼女の気持ちを無下《むげ》にしないためにも、とりあえず挑戦してみるか。

「これがクレーンゲームなんだ～」

柚子さんは物珍しげにクレーンゲームの筐体《きょうたい》を見つめている。

「ねー、これどうやるの～？」

興味津々《きょうみしんしん》といった様子で、僕の袖《そで》をちょいちょいと引っ張る。

「えっと、二つのボタンでクレーンを縦横に動かして位置を決めたら、後は自動的にクレーンが下りていくんです。クレーンの先にある爪《つめ》で景品を引っかけて穴まで落とせば、それがもらえるっていう仕組みで――」

説明しながら、僕は財布を取り出して投入口に百円を入れる。

口で言うより、実際に見てもらったほうが分かりやすいだろう。

「じゃあ、やってみせますね」

「頑張れー、雪人くん」

初めてのクレーンゲームがよほど楽しいのか、隣ではしゃぐ柚子さん。

そんな彼女にほほ笑ましいものを感じながら、僕は二つのボタンに手を置いた。

ケース内に積み重なった景品の山を見すえ、慎重に狙《ねら》いを定めながらクレーンを操作する。

まず横に、次に縦に移動したクレーンはターゲットである『爆裂炸裂抹茶味《ばくれつさくれつまっちゃあじ》チョコスティック』の箱に向かって、まっすぐに降下していった。

「わー、雪人くん上手《じょうず》～」

柚子さんの応援が耳に心地よい。

ウィーン……。

狙いあやまたず、クレーンの爪《つめ》が箱に引っかかり――。

「あ……」

だけど、するりと滑るようにして箱は爪から落ちてしまった。

「失敗か」

「もうちょっとだったね～、惜しい」

柚子《ゆず》さんが残念そうに僕を見上げている。

今度こそ、という気持ちになった。

なんとか景品をゲットして、彼女を喜ばせてあげたい。

僕はもう一度財布を取り出すと、投入口に連コインした。


――しかし、現実は無情だった。

「うう……すみません、柚子さん」

僕は肩を落としてそう言った。

欲しがってる柚子さんにプレゼントしたかったけど……。

上手《うま》くいかなかったのが悔しい。

「んー、無理ならいいよ～。ありがと、雪人《ゆきと》くん」

と、意外にさばさばした顔で首を振る柚子さん。

「えっ、いいんですか？　もうちょっと粘ってみても――」

「諦《あきら》めたからいいの～。無理なものを頑張ってもしょうがないじゃない？」

ふいに、違和感を覚える。

普段の穏やかな笑顔とは裏腹に、そのときの柚子さんの表情が妙に冷たく見えた。

「じゃあ、あたしはこれで～」

そう言い残し、すたすたと去っていく柚子さん。

完全に興味をなくしちゃった、という感じがありありと出ている後ろ姿だった。

「柚子さん……？」

普通はもう少し執着したり、粘ってみたりするもんじゃないかな？

僕は去っていく柚子さんの後ろ姿を見すえつつ、それからクレーンゲームの筐体《きょうたい》に向き直った。

※　※　※

「三人で帰るの、久しぶりやな」

桃花《とうか》ちゃんが嬉《うれ》しそうな顔で僕と柚子《ゆず》さんを交互に見つめる。

「やっぱり賑《にぎ》やかなほうがいいよね」

同調してうなずく僕。

うん、やっぱり二人と一緒に帰宅路を歩けるのは嬉しい。

「真由《まゆ》ちゃんもいたら、もっといいのに～」

残念そうな柚子さん。

確かに、それは僕も同じ気持ちだ。しかし、真由ちゃんはまだ学校を休んでいた。

一方の桃花ちゃんは押し黙ったまま、何事かを考えている様子だった。

と、そのとき、携帯電話の着信音が鳴り響《ひび》いた。

「……うちや」

桃花ちゃんが鞄《かばん》から携帯を取り出し、通話する。

僕らから少し距離を取り、何事かを話していた。

「……そう。分かった、ごくろうさん。引き続き調査にあたって」

最後にそんな声とともに、桃花ちゃんは電話を切る。

調査？　なんの話だろう？

「今の電話、なんだったの～？」

僕と同じく疑問に思ったらしく、柚子さんがたずねる。

「ん、ちょっと気になることがあってな。調べてるねん」

桃花ちゃんはなんでもないというふうに首を振った。

それから、何かを隠すように、

「ごめん。先行っといてくれる？　うち、急用ができたし」

「桃花ちゃん？」

「せっかく三人で帰ろうと思ってたのに、ごめんな。ほな、また明日」

言うなり、桃花ちゃんは走り去っていく。

その後ろ姿を見つめながら、僕はあることを思いついた。

柚子さんに向き直り、

「柚子さん、もう一度、昨日のクレーンゲームをやりませんか？」

「えっ、でも取れなかったんだし、これ以上やっても——」

「行きましょう」

言って僕は柚子さんの手を引き、前回のアミューズメント施設にふたたび入った。

「今度こそ、柚子さんが欲しがってたやつを取りますから」

言って、柚子さんの手を引き、筐体《きょうたい》の前までやって来る僕。

昨日、柚子さんが帰った後も一人で練習してたんだ。おかげで、だいぶクレーンの操作に慣れてきた。

だけど、狙《ねら》いの『爆裂《ばくれつ》炸裂《さくれつ》抹茶《まっちゃ》味《あじ》チョコスティック』はあれからまた位置が変わっている。

他の景品の隙間《すきま》に挟まっていて、取るのがなかなか難しい位置にあった。

「ねえ、雪人《ゆきと》くん。無理なものは無理なんだと思うよ」

心配そうに見つめてくる柚子《ゆず》さんに、僕は大丈夫だとほほ笑んだ。

単純に狙っても、多分取れない。

そう判断した僕は周囲の景品を先にどかせ、狙いの景品を大きく露出させる戦法を取ることにした。

コインを何度か投入し、一つずつ確実にどけていく。

とはいえ、お目当ての箱にはなかなか届かない。この前さんざん練習したんだけど、現実はそう甘くなかった。

「雪人くん、もういいよ。簡単には取れないんでしょ？」

柚子さんが見かねたように、僕の手を引く。

だけど、僕は黙って首を横に振ると、諦《あきら》めずになおもコインを投入する。

「……なんでそんなに一生懸命《いっしょうけんめい》なの？　意味ないよ？」

柚子さんが珍しく戸惑いをあらわにしていた。

つぶらな瞳《ひとみ》がその心を表すように揺れている。

「真由《まゆ》ちゃんや桃花《とうか》ちゃんもそう、なんで一生懸命に妻ロワやってるの？」

「見ていてください。柚子さんのために頑張りますから」

言って、僕はなおも連コイン。

今までの何度かの挑戦で、狙いの箱は他の景品の隙間からかなり露出した状態になっている。

そろそろチャンスがあるはずだ。

僕はクレーンを慎重に操作すると、とうとう狙いの箱を捕え、ゆっくりと持ち上げることに成功する。

「いいぞ、そのまま――」

「すごい……！」

柚子ちゃんが思わずといった感じで声を上げた。

よし、このまま取れそうだ。

「あっ……」

だけど景品を落とす穴に向かっていく途中で、無情にも爪《つめ》から箱がこぼれ落ちてしまう。

「やっぱり……無理だよ」

柚子さんがため息をついた。

「大丈夫。見ててください」

だけど僕は引き下がらず、さらに連コインした。

今度こそっ……！

それに、取れなかったとはいえ、景品は今までよりも穴に近づいている。

ゲットできる可能性は格段に上がったはずだ。

僕はさらに集中し、クレーンを操作する。

ふたたびクレーンの爪《つめ》が箱を引っかけた。

そのまま持ち上げるものの、グラグラとして安定が悪い。

また、さっきみたいに途中で落ちちゃうんだろうか……。

「いや……いける！」

僕の念が乗り移ったかのように、クレーンの爪はギリギリのところで景品を引っかけたま
ま、とうとう穴の真上まで到達した。

今度こそ取れるか、それともまたダメなのか――。

僕も、そして隣にいる柚子《ゆず》さんも、固唾《かたず》を呑《の》んで結果を見つめる。

次の瞬間――景品はまっすぐ真下の穴に落ちると、取り出し口から出てきた。

「やった……！」

僕は思わずガッツポーズ。

とうとう取れた！

達成感と勝利感で胸がすくようだった。

「わー、すごーい！」

柚子さんが嬉《うれ》しそうにぴょんぴょん飛び跳ねる。

満面の笑顔でこっちを見ている。

そうだ、僕はこんな顔が見たくて――。

「さっき、なんで頑張るの？　って言いましたよね」

会心の笑みとともに、僕は景品を柚子さんに差しだした。

「こういうふうに喜んでもらえるのって悪くないし、そのために頑張るのはいいと思います。あの二人が妻ロワを頑張るのもきっと同じです」

「雪人《ゆきと》くん……」

柚子さんがそれを受け取りながら、ハッとしたように僕を見る。

「あたし、なんだか分かった気がする。雪人くんのおかげで」

さっきまで揺れていた瞳《ひとみ》は、もう揺れていなかった。

さっきよりも少しだけ強い光を宿して。

「ねえ、雪人くん、『やりたいゲームがある』って言ってたじゃない。よかったら、あたしと一緒に……やろ？」

意外な提案に僕は目を見開く。

「雪人《ゆきと》くんがあたしのために頑張ってくれたみたいに、今度はあたしが頑張ろうかな、って」

柚子《ゆず》さんがはにかんだようなほほ笑みを浮かべた。

その笑顔を見ながら、僕の胸に一つの衝動が込み上げてくる。

今日、こうして柚子さんのために一生懸命《いっしょうけんめい》になれたみたいに、今度は真由《まゆ》ちゃんのために頑張りたい。

僕ができることは、彼女を信じること。

そして、彼女の本心に向き合うことだ。

今日みたいに、今度こそ真由ちゃんとも――。

※　※　※

しかし、その後も真由ちゃんが学校に来ることはなかった。

そしてそのまま真由ちゃんは妻ロワをリタイヤした――。

※　※　※

「おはようさん、雪人」

「おはよ、雪人くん～」

通学路を歩いていると、前方から二人の女の子が歩み寄ってきた。

「おはよう、桃花ちゃん、柚子さん。僕、二人に言いたいことがあるんだ」

「なんや、あらたまって」

怪訝《けげん》そうな桃花ちゃんを見つめ、それから、

「ん～、何かな～」

きょとんとする柚子さんに視線を向ける。胸の奥から込み上げる決意のままに口を開く。

「僕は――」

僕は、真由ちゃんを信じている。そう二人に告げようとしたところで、

「なんや、雪人も気合い入ってるな」

「やる気だね～、雪人くん」

僕の言葉を遮《さえぎ》り、ずいっと顔を近づける桃花ちゃんと柚子さん。

「でも、続きは会場で聞かせてもらうで」

「ここで言っちゃったら盛り上がらないよ～」

機先を制されて仰《の》け反るものの、すぐに気づく。

あ、そうか。二人がやけに燃えているのはそういうことか。

「なんといっても、今日は妻ロワの最終日やで！」

瞳《ひとみ》を燃やして叫ぶ桃花《とうか》ちゃん。

「そうだよ～、今日で完全決着。楽しみだね～」

やる気がない、と公言していた割に、柚子《ゆず》さんもやけに声を弾ませている。


そう、——今日で終わりなんだ。


僕と桃花ちゃん、柚子さんは放課後になると貸し切りの会場内に移動した。

ここで、僕はどちらを自分の妻にするのかを選ぶことになっていた。

もちろん今までの課題の累積ポイントとか、審査官たちの採点も審査に影響《えいきょう》するんだけど。

僕の選択はかなりのウェイトを占めているらしいことも聞いた。

「では、いよいよ最終審査です。雪人《ゆきと》様自身に誰《だれ》を妻にしたいかを選んでいただきます」

東雲《しののめ》さんを始めとして五人の審査官が僕らを取り囲んでいた。

全員の真剣な視線が体中に突き刺さるみたいだった。

「言うまでもありませんが、今回の評点は総合点に大きく影響します。そのことをよくよく考えた上でお選び下さい」

さすがに最終審査だけあって、東雲さんの説明も熱が入っている。

会場の空気自体も、今までとはけた違いの緊張感で張り詰めていた。

「雪人様の正妻になるということは、御神《みかみ》本家の総帥《そうすい》夫人になるということ。大げさではなく、この審査は財界の行く末にも影響を与えます」

言われるまでもなく、分かっている。

軽々しい気持ちで選ぶつもりなんてない。

僕はあらためて桃花ちゃんと柚子さんに向き直る。

僕は――。

「さあ、答えを」

東雲さんは回答を催促してきた。

桃花ちゃんに視線を向ける。

真面目《まじめ》で、一生懸命《いっしょうけんめい》で。きりっとした美人の割にすぐテンパって。

そして自分の将来の目標に対して真摯《しんし》に向き合っている、その姿はどこまでもまっすぐで、今も引き寄せられている。

「遠慮することはないで、雪人」

桃花ちゃんが優しくほほ笑む。

「自分の思う通りに答えればいいんや。うちらに気ぃ遣わんでええよ」

僕を勇気づけるようにうなずく。

今度は柚子《ゆず》さんに視線を向けた。

めんどうくさがりで、隙《すき》あらば僕をパシリに使おうとして。

ほんわかした笑顔に、僕も、たぶん桃花《とうか》ちゃんや真由《まゆ》ちゃんも癒《いや》されていた。

僕もそんな癒しの雰囲気に惹《ひ》きつけられた。

「んー、そんなに見つめられると、ちょっと照れる～」

やっぱり柚子さんはどこまでもマイペースだな。

「さあ、答えを！」

東雲《しののめ》さんがもう一度うながした。

「僕は――」

唇《くちびる》を噛《か》みしめ、ここにはいない彼女のことを考えてる。

何げない笑顔に元気づけられたこと。

一緒にいて自然と笑顔になれたこと。

僕が迷ったときに道を指示してくれたこと。

そして、普段の凛《りん》とした姿勢とは裏腹の、意外なほど脆《もろ》い一面も――。

「僕……は」

拳《こぶし》を堅く握りしめる。

「今ここで――二人から選ぶことなんてできない」

顔を上げて、そう宣言した。

「雪人《ゆきと》……⁉」

「雪人くん……？」

驚いたように僕を見つめる桃花ちゃんと柚子さん。

「ごめん、二人とも。でも……まだダメなんだ」

だって、不正があったのかどうかがまだ分からないままだ。

真由ちゃんとの決着がついていないままだ。

だから、それをハッキリさせてからじゃなきゃダメだ。

答えなんて出せない。

僕は、前に踏み出せない。

「選べないですって？　そんなことは許されませんよ！」

東雲さんが険しい表情で声を上げた。後ろに控える四人の審査官も、一様に驚いた表情を浮かべている。

「先ほども申し上げたはずです、雪人様。この正妻審査の重要性をまだご理解いただけていないようですね」

「これが大事なことだっていうのは分かっています。そうじゃないんです」

「……じゃあ、なんで？　うちのことも、柚子《ゆず》のことも、雪人《ゆきと》はお気に召さへん？」

不安げな顔で僕にたずねる桃花《とうか》ちゃん。

柚子さんも悲しげな顔で僕を見つめている。

「違うんだ、嫌とかじゃなくて――」

今さらだけど、僕は二人を傷つけてしまったかもしれないことに気づいた。

だとしたら、最低の男だ。

「でも、僕は……やっぱり真由《まゆ》ちゃんを信じてるんだ」

言いながら、真由ちゃんが女子生徒に絡まれていたことを思いだす。

中学時代から、彼女に関わる者は不幸になってきたという。

――いや、違う。

少なくとも僕は、彼女と出会って、一緒にいたあの楽しい時間を過ごしてた。

「人を騙《だま》したり、陥《おとしい》れるような娘《こ》じゃない」

僕は――少なくとも僕だけは、そんな彼女を最後まで信じていたい。

たとえ、何があろうと。

「真由ちゃんがあんな卑《ひ》怯《きょう》な真似《まね》をするとは、どうしても思えないんだ」

桃花ちゃんはそれを静かに聞いてくれる。

「だから、真由ちゃんのことを解決せずに答えを出すことなんてできない」

沈黙が続いて小さな息が漏れるのが聞こえた。

「雪人が思うようにすればええよ。それを待つのも、妻であるうちらの役目や。雪人が答えを出してくれるまで、うちらは待ってるから」

まっすぐに僕を見つめる桃花ちゃん。そして柚子さん。

二人の瞳《ひとみ》はどこまでも純粋だった。

「うちは――いつまでも、待ってるから」

5

I don't give anyone position of legal wife!

sect.5

夫は妻を守るもの

真由《まゆ》ちゃんは不正なんてしていない――。

正直言って、真由ちゃんの潔白を証明する有効な手なんて何もないかもしれない。

でも僕はこんな結末を望んでいない。

真由ちゃんだって、きっと同じはずだ。

そのために動けるのは僕しかいない。


――私は、先輩が思っているような女じゃないかもしれませんよ？


あのとき真由ちゃんが浮かべた、泣き笑いのような歪《ゆが》んだ表情が忘れられなかった。

そんな記憶を拭《ぬぐ》い去るためにも、僕はひたすら奔走《ほんそう》した。


まずは真由ちゃんの中学時代のクラスメイトたちに会いにいった。

「うーん、悪戯《いたずら》は好きだけど、卑怯《ひきょう》なことをする娘《こ》じゃないと思いますよ」

「そうそう、なんだかんだで純粋なんですよねー」

「むしろ不正なんてしたら真っ先に怒るタイプかも」

クラスメイトたちは口々にそう言っていた。

うん、それは僕も思う。

やっぱり彼女は不正なんてする娘じゃない。

「あ、ところで真由は元気でやってます？　もしかして彼氏さんですか」

「えっ⁉　あ、いや違うけど――」

手がかりはつかめなかったけど、昔のクラスメイトがこうやって真由ちゃんを気にしている姿を見られたのは嬉《うれ》しかった。

続いて、審査官の東雲《しののめ》さんを訪ね、今まで行われた審査で不審な点がなかったかどうかを聞いてみた。

「不審な点？　そんなものがあれば、私が見逃したりはしません」

僕の言葉にわずかに顔をしかめつつも、そう断言する東雲さん。

「仮に不正があったとしたら、私が真っ先に見つけて糾弾《きゅうだん》します。公平に審査することは、私たちの使命であり誇りですから」

その言葉には確かな熱が籠《こ》もっていた。

「もちろん四人の部下にも目を光らせているつもりです。この正妻審査は御神《みかみ》家に仕える私たちにとってても重要なことですから」

審査に関して、東雲《しののめ》さんは厳格で信用できる人だと思う。

ということは、彼女や他の審査官を抱きこんでの不正は行われていない、って考えていいだろう。

他にも妻ロワに関わったスタッフに聞きこみをしたり、会場や控え室を調べたり……そうやって動き出してから、すでに一週間。

「僕なりに調べてみたんだけど、真由《まゆ》ちゃんの無実を証明するようなものは、まだ見つけられてないんだ」

言って、僕は心配して来てくれた桃花《とうか》ちゃんと柚《ゆ》子《ず》さんに頭を下げた。

「ごめん。二人にも迷惑かけてるよね……」

「頑張るのは喜んでもらいたい相手がいるからだ、って言ってたよね、雪人《ゆきと》くん」

柚子さんがほほ笑んだ。

いつものおっとりした口調とは違う、熱の籠《こ》もった声で告げる。

「雪人くんが今喜んでほしいのは真由ちゃんでしょ？　そのために、彼女は悪いことしてない、って証明しようとしてるんじゃない。じゃあ、あたしはそれを待ってる」

「やっぱり……雪人は、どこまでも真由のことを信じてるんやね」

今度は桃花ちゃんが口を開いた。

「……それでこそ、うちが夫と見込んだ人や」

何かを伝えようとするかのように、決意に満ちた目で僕を見つめてくる。

「実は、うちも自分なりに動いてたんや」

突然の告白に、僕はハッと息を呑《の》む。

「あのときは真由のことを糾弾《きゅうだん》したけど、状況証拠《しょうこ》やったし……。後から考えると、不自然なところもあったから引っかかって……」

ぽつりぽつりと語る桃花ちゃんの眉間《みけん》が険しく寄っていた。

唇《くちびる》を噛《か》みしめながら、さらに続ける。

「はっきりしたことも分からずに、真由を責めてしもたこと……後悔してるから」

そんなことをしてたんだ、桃花ちゃん。

僕は驚きながら彼女を見つめ、それから安堵《あんど》の息をついた。

「……よかった」

「えっ？」

僕の言葉が意外だったのか、桃花ちゃんは戸惑ったような顔をする。

「桃花ちゃんも、真由ちゃんのことを信じてくれてたんだね。本当は、不正なんてしていないって」

「……!? ち、ちゃうねん！　うちにとって、真由《まゆ》は敵で……妻ロワのライバルで……」

たちまち顔を真っ赤にする桃花《とうか》ちゃん。

そんな彼女がほほ笑ましくて、僕は続ける。

「照れなくてもいいと思うよ」

「照れてへん！　っていうか、ちゃうから。うちは、真由のことを……そんなふうには……」

なおも「ちゃうねん、ちゃうねん」と何度もつぶやいている桃花ちゃんが、素直になれない
等身大の女の子っぽくてとってもほほ笑ましい。

「そっか、前に電話で調査の指示みたいなことしてたもんね～。あれって、真由ちゃんのため
に動いてたんだね」

柚子《ゆず》さんがにぱっと笑う。

「あのときか……!?」

以前、桃花ちゃんが何かの調査の電話をしていたことを思い出した。

「桃花ちゃんは友だち想いのいい娘《こ》だね～」

「と、と、友だち!? か、カン違いされたら困るわ、うちは……別にっ……！」

今や顔から湯気が出そうなほど、真っ赤っかな桃花ちゃん。

「と、とにかくっ……これ、見てや」

桃花ちゃんが照れを誤魔化《ごまか》すように叫びながら、僕に何かを手渡した。

数枚にわたるレポート用紙に書かれていたのは、真由ちゃんの妻ロワに関する調査結果。

「第一審査から第六審査までの真由ちゃんの行動記録と周りの証言か……えっ⁉」

僕は驚きに目を見開くと、桃花ちゃんは黙ってうなずいた。

結論から言うと――真由ちゃんは無実だった。

確かに妻ロワで不正は行われていた。

それは桃花ちゃんが指摘した通りだった。

だけど、それをしていたのは真由ちゃんじゃない。

彼女の実家が独断でやっていたというのが真相だった。

五人の審査官のうちの三人を抱きこむことで、合議制の妻ロワで圧倒的な優位に立つ。

さらに、妻ロワの会場設営や道具を準備する業者を賄賂《わいろ》で味方につけて、不正の片棒を担がせる。

どちらの手立ても、かなり以前から周到に準備していたらしい。

「すごい、桃花ちゃんがそれ全部調べたんだ～」

感心しきりといった様子の柚子さん。

僕もその調査能力に驚き、桃花ちゃんを見つめる。

「かなり苦労したけど、どうにか突き止めたで」

桃花ちゃんが胸を張ってうなずく。

「ありがとう、桃花《とうか》ちゃん！」

僕は思わずそんな彼女の手を強く握っていた。

桃花ちゃんからすれば敵に塩を送る行為だろう。

それでも、こうして報告してくれた心意気が本当に嬉《うれ》しかったんだ。

「ゆ、雪人《ゆきと》……」

「あ……ごめん」

嬉しさのあまり手を握りっぱなしだったことに気づき、僕は手を離した。

「やっぱり、うちは正々堂々《せいせいどうどう》戦いたいから」

照れたように、でも清々《すがすが》しい顔で告げる桃花ちゃん。

「それだけやない。もう一つわかったことがあるで。中学時代にあんたと真由《まゆ》が急に疎遠になったらしいけど……あれも真由の実家が手を回していたんや」

それは衝撃的な一言だった。

「言うても真由の家かて御神《みかみ》の分家や。当時の雪人と関わるのは真由にとってなんのプラスにもならへん、って。あの娘《こ》、親から将来の進路も、交友関係も、全部管理されてるらしい。他にも、真由と仲が悪い生徒を怪我《けが》させたり、遠ざけるように仕組んだり——」

——いいんじゃないですか？　たまには自分の意志で決めても。

——家のために、自分の人生を全部決めちゃうなんて……寂しいです。

あのとき、この言葉を僕に告げた真由ちゃんはどういう気持ちだったんだろう？

僕は彼女の心境を想像し、絶句する。

安心感と後悔の念が混じりあい、胸の中に渦巻《うずま》いた。

やっぱり真由ちゃんは不正なんてしてなかったんだ。

そんな——安心感。

なのに僕はあの場で、きちんと言ってあげることができなかった。

そんな——後悔の念。

「僕、真由ちゃんに会ってくる！　会って、あのときのことをちゃんと謝らなきゃ！」

「待って、雪人」

走りだそうとした僕を、桃花ちゃんが呼び止める。

「もう一つ伝えることがあるんや。実は、真由は——」

※　※　※

窓からは土砂降りの雨が見える。

まるで自身の心を映しだしたような崩れた天気だと思い、夏瀬真由《なつせまゆ》は深いため息をついた。

これでもう二週間以上も学校に行っていなかった。いや登校どころか、両親の監視が厳しくて部屋から出ることもままならないほどだ。

やはり妻ロワを途中放棄したことを問題視されているようだった。

「妻ロワの最終課題はどうなったのかな……」

雪人《ゆきと》自身が誰《だれ》を妻にしたいのかを告げる、というのが最終種目の内容だったそうだ。

彼女が妻ロワを放棄したことで内容が変更されたらしい。

彼はどちらを選ぶのだろうか。

桃花《とうか》か、柚子《ゆず》か。

どちらも魅力的な少女だ。

どちらを選んでも不思議はない。

「私じゃなく、あの人たちのどちらかを……私じゃなくて……」

つぶやいた声には苦悶《くもん》の色が滲《にじ》んでいた。

胸の奥が痛くて、切ない。

こんな気持ちは初めてだった。

そっと携帯電話を手に取った。宝物のストラップは長い年月のうちに傷だらけになり、汚れもひどい。

以前、一度なくしそうになったときに、雪人《ゆきと》に見つけてもらったストラップ。

あの並木道で一緒に探し物を見つけた男女はカップルになる——。

通っていた中学に伝わるそのジンクスのことはずっと意識していた。

彼が御神家《みかみけ》の後継者に指名されたことで、自分がその妻候補になったときには、やっぱりあの人は運命の人だったんだと浮かれたりもした。

いつだったか、女子生徒たちに絡まれたときに、かばってくれたことも嬉《うれ》しかった。

この人に味方になってほしい。

この人に支えられたい。

生まれて初めて抱いたそんな気持ちは、だけど全部壊れてしまった。

不正をしていると糾弾《きゅうだん》されて、彼にも同じ気持ちを抱かれてしまったに違いない。

確かに、妻ロワで自分に有利になる展開が多いことは引っかかっていた。

だけど、私は何もやっていないと、もっとちゃんと言えばよかったのかもしれない。

でも、その気力すら失せるほどに——何かが壊れてしまった。真由《まゆ》の中で。

(もういい……全部終わったことだもの)

噛《か》みしめた唇《くちびる》が痛む。

「でも……」

もう一度ストラップに視線を落とす。

雪人は許してくれないかもしれない。
真由のことを軽蔑《けいべつ》しているかもしれない。
だけど、やっぱり会いにいこう。
今さらと言われてもいい。
嫌われるにしろ、そうでないにしろ、真実を話しておきたい。
ドアを開けて部屋を出る。
幸い、廊下には人気がなかった。
行くなら今だ――。
「どこへ行くのです、真由」
走り出そうとしたところで、突然呼び止められた。
振り返れば、美しい漆黒の髪を腰まで伸ばした妙齢の女性が立っている。
夏瀬涼子《りょうこ》。真由の母だ。
涼子と対峙《たいじ》すると、それだけで全身から汗がにじむ。
苦手な母だった。
「わ、私……」
ごくりと喉《のど》を鳴らしつつ、それでも真由は意志を振り絞る。
「私、やっぱりもう一度先輩と話してみたいんです。お願いします、お母様」

「その必要はありません」

母が冷然と告げる。

「あなたの結婚相手は別に決めました。次善の策ですが、仕方ありませんね」

「えっ……」

一方的な通告に頭が真っ白になった。

「私の、結婚相手……？」

「御神《みかみ》グループと並ぶ四大財閥《ざいばつ》の一つ、海王《かいおう》の御曹司《おんぞうし》です。分家ですが家格は十分ですし、来年大学を卒業されるそうですから、年齢もちょうどいいでしょう。先方も真由《まゆ》の写真を見て、大変気に入っておられるようですよ」

つまりは、政略結婚か。

真由は胸の奥が鉛のように重くなるのを感じた。

同じ政略結婚なのに、雪人《ゆきと》との結婚話ではこんな気持ちにならなかった。

そんな彼女を涼子《りょうこ》がぎろりとにらむ。

「まさか、この母にまた逆らうつもりではないでしょうね、真由？　これ以上は絶対に許しませんよ」

「い、いえ、そんな……」

妻ロワを事実上リタイアしてしまったとき、涼子は真由を強く責めたてた。

母の期待を裏切り、叱責《しっせき》されることほど辛《つら》いことはなかった。

だから、もう二度と裏切れない。

一方で、心の中に釈然としない思いもあった。

「あなたは私の思う通りに動いていればよいのです。それが、あなたのためなのです」

けれど、結局真由は押し黙ってしまう。

母の眼光に見すえられると何も言い返せなくなる。

幼いころからずっとそうだ。

「いい子ですね。そう、この母を信じて言うことを聞くのですよ」

そんな彼女の態度を承諾と受け取ったのか、涼子は満足げに目を細めてうなずいた。

（ダメだ、私……）

言い返せない無力感で心が打ちのめされる。

真由は半《なか》ば無意識に手元のストラップをそっと撫《な》でた。

「なんですか、その手にあるものは」

目ざとく真由の動きを認め、母がじろりと彼女の手元をにらむ。

「これはお母様が買ってくれて……私、ずっと大切に……」

「そんな古いのを使っていては夏瀬《なつせ》家《け》の品格が疑われます。欲しいのなら新しいものを用意させますから、さっさと捨ててしまいなさい」

いる。


冷然とした言葉が胸に突き刺さる。

どうやら涼子《りょうこ》はこのストラップのことを覚えていないらしい。

物心がついてから初めての家族旅行で、母が真由《まゆ》に買ってくれたものだった。

いつも冷然としている母が珍しく上機嫌で、笑顔でこれを渡してくれたことを今でも覚えている。

このストラップを持っていると、涼子の笑顔をありありと思いだすことができるのだ。

だけど——きっと、母がこれを買ってくれたのは、たんなる気まぐれだったのだろう。

自分にとっては宝物でも、母にとっては記憶にすら残っていないガラクタなのだろう。

心の中で、また何かが崩れていく。

「とにかく、お見合いは二日後です。先方に失礼のないようにしてくださいね」

「……分かりました。真由は、お母様に従います」

真由は唇《くちびる》を噛《か》みしめてうめきながら、うつむいて答えた。

閉じた瞼《まぶた》の裏に、優しくほほ笑む少年の姿が浮かび、そして消えた。

※　※　※

「お見合い!?」

桃花《とうか》ちゃんが切りだした話に、僕は思わず声を上げていた。

「相手は海王家《かいおうけ》の御曹司《おんぞうし》って話や。御神《みかみ》グループと並ぶ四大財閥《ざいばつ》の一つ……完璧《かんぺき》に政略結婚やな」

桃花ちゃんが語ったのは、真由ちゃんに降って湧《わ》いたお見合いの話。

妻ロワから脱落したと見て、今度は別の有力者に娘を嫁がせようという魂胆なのだろうか。

これじゃ真由ちゃんは完全に道具扱いじゃないか。

「お見合いっちゅーても形式的なもんで、実質的に結婚は決まりやろうな」

「そんな……」

呆然《ぼうぜん》となって言葉が出ない。

真由ちゃんはこのことをどう思っているんだろう。

会いたい。

でも、今さら会いにいっても――。

二つの気持ちがぶつかり合い、葛藤《かっとう》で胸をかきむしられる。

「大事なのは何ができるのか、やない」

桃花ちゃんが真剣な顔で告げた。

「何をしたいか、やろ。雪人《ゆきと》はどうしたいんや？」

「僕が、したいこと――」

僕は彼女の言葉を反芻《はんすう》した。

胸の中にはいろいろな気持ちが渦《うず》を巻いていた。

苦しさや悲しさ、後悔や自分への怒りが複雑に混じりあっていた。

だけど一番中心にあるものは、そのどれでもない。

「僕は、それでも真由《まゆ》ちゃんに会いたい」

そして——あのとき『真由ちゃんを信じてる』ことを、きちんと伝えきれなかった後悔を払《ふっ》拭《しょく》するために。

「なら、うちも協力するで！　一緒に真由のところまで行こ？」

桃花《とうか》ちゃんが勢いこんで叫ぶ。

「どうして——」

「妻は夫を支えるものやろ？」

悪戯《いたずら》っぽく笑い、ウインクする桃花ちゃん。

「誰《だれ》かのために一生《いっしょう》懸命《けんめい》頑張るのは嬉《うれ》しいことだって、雪人《ゆきと》くんがそう言ったもん。だから、あたしも協力するよ～」

柚子《ゆず》さんの申し出にジンと胸が熱くなった。

「柚子さん、ありがとう……！」

※　※　※

見合いが行われるまでの二日間、僕は東雲《しののめ》さんに協力を頼んだり、桃花《とうか》ちゃんの調査の裏付けを取ったりと奔走《ほんそう》した。

そして、瞬《またた》く間に見合い当日を迎えた。

桃花ちゃんが手配してくれた車で、僕らはお見合い会場に直行した。

そこは、いかにも高級そうな老舗《しにせ》の料亭だ。

立派な門構えを見すえていると、いよいよだ、という気持ちが込み上げてくる。

「よし、行こう」

桃花ちゃんと柚子さんに言って、入り口まで走った。

そろそろ見合いが始まるころだろう。

急がなきゃ――。

しかし、建物の入口のところで黒いスーツを着た数人の男たちが立ちはだかる。

「たとえ本家の方といえど、ここはお通しできません」

厳戒態勢って感じの雰囲気だ。

「真由ちゃんに用があるんです。と、通してくださいっ」

声が震えてしまうのは情けないけど、僕は真っ向から男たちを見すえた。

「ダメです」

案の定、がんとした口調で断られてしまう。

「我らは夏瀬家《なつせけ》に忠誠を誓う者。本家の命令であっても従うことはできません。断固ここを死守します」

彼らの決意は固そうだった。

だけど僕だって諦《あきら》めるわけにはいかない。

いや、諦めてたまるか。

「申し訳ありませんが、今日は大事な見合いの席。どうしても押し通る気なら、我々も不本意
ながら力ずくで排除せざるを得ません」

言うなり、屈強な男二人が僕の両脇《りょうわき》を囲んだ。


「雪人《ゆきと》！」

「雪人くん～」

桃花《とうか》ちゃんと柚子《ゆず》さんの悲鳴。

「くっ……離せ！」

抵抗するものの、左右から黒服たちに抱えこまれ、身動きを封じられてしまう。

「そこまでよ！」

毅然《きぜん》とした声が響《ひび》いた。

「雪人様は御神家《みかみけ》の次期総帥《そうすい》ですよ。今すぐその手を離しなさい」

氷のように冷やかに告げながら、黒いスーツ姿の美女が門からこちらに歩いてくる。

左右の黒服たちは威圧されたように僕から離れた。

「遅くなって申し訳ありません、雪人様」

「東雲《しののめ》さん、来てくれたんですね」

僕は安堵《あんど》と喜びを交えて、傍《そば》までやって来た東雲さんを見つめる。

東雲さんは僕に向かって一礼し、

「不正を見抜けなかったのは、筆頭審査官である私の責任。私には、その償いをする義務がありますから」

あいかわらずの淡々とした口調だ。

しかし、眼鏡《めがね》越しの瞳《ひとみ》には強い意志の光が宿っていた。

それから黒服たちを見すえて告げる。

「さあ、ここを通しなさい」

「先ほども言ったはずです、我らは夏瀬家の――」

「本当に忠誠を誓う価値があると思っているの？」

東雲さんはふたたび冷然とした口調になって、そう言い放つ。

「……どういう意味ですか」

「夏瀬家《なつせけ》は先の正妻審査において不正を働いたのです」

「不正⁉　ま、まさか――」

東雲《しののめ》さんの言葉で黒服たちの間に動揺が広がる。

「審査員の買収や審査における数々の不正工作……夏瀬家の罪は大きいですよ」

とどめとばかりに言い放つ東雲さん。

「そんな家に忠義を尽くしてどうするのです。さあ、おとなしく道を開けなさい」

「そ、それでも……我々は夏瀬家に仕える者です」

総帥《そうすい》の第一秘書である彼女の言葉に、黒服たちはさすがにたじろぐ。それでも忠誠心が退《ひ》く
ことを許さないのか、あくまで僕らを阻止しようという構えだ。

「ここは通せません！　どうしてもと言うなら、我らを打ち倒してお通りください」

「愚直ね」

東雲さんは一刀両断《いっとうりょうだん》に斬《き》り捨てた。

「ただ、その忠誠心だけは買ってあげるけれど」

どうやら説得は難しそうだ。

かといって、力ずくで押し通るのはもっと難しいだろうし――。

「……いいよ。それなら、力で押し通れば納得できるんだね？」

そう言いながら進み出たのは柚子《ゆず》さんだった。

普段のほんわかとした態度ではなく、珍しく真剣な口調だ。

「あなたたちは最後まで夏瀬のためにここを死守しようとした――。そう、真由《まゆ》ちゃんたちに伝えてあげる」

言葉とともに、柚子さんの体がブレた。

――ように見えた。

実際には、高速で動いた際の残像だったんだろうか。

気がつけば、黒服たちの一人が地面にのびていた。ノックアウトされている。

「えっ……？」

あまりのことに言葉を失う僕。

「大丈夫だよ。しばらくしたら目を覚ますから～」

いつもの口調に戻り、ぱんぱんと手を軽く払う柚子さん。

「前に護身術を習ったことがあって、役に立ったみたい」

「ご、護身術……？」

「合気道のなんとか流の七段くらいもらったような気がする～」

七段って達人クラスじゃないの⁉

何気にハイスペックなんですね、柚子さんって……。

驚くというより、呆《あき》れてしまった。

でも助かった。

「ありがとう、柚子《ゆず》さん。じゃあ、先へ進みましょう」

言って、僕らは赤絨毯《じゅうたん》が敷かれた長い廊下を走りだす。

やがて突き当たりに大きな扉が見えた。

「見合いはあの部屋でやるっちゅー話や」

じゃあ、この扉の向こうに真由《まゆ》ちゃんがいるのか。

待ってて――。

扉までたどり着いた僕はドアノブに手をかけ、勢いよく押し開いた。

※　※　※

真由は別室で両親とともに見合い相手の到着を待っていた。

部屋の中には張り詰めた空気が漂っている。

緊張した面持ちの父と、毅然《きぜん》としている母。

そして、その隣に控えるスーツ姿の地味な女性。

「片霧《かたぎり》審査官はどうしてここに？」

真由がたずねた。

彼女は妻ロワの審査官の一人だが、地味な容姿もあってほとんど印象に残っていない。

「今日は世話人を務めさせていただきます。実はあなたのお母様は私の母校のＯＢで、それが縁で知り合いまして――」

「お母様と審査官が知り合い……」

「ええ、まあ」

どこか決まり悪げな片霧に、真由は不審を覚えた。

とはいえ、別に誰《だれ》が世話人をしようとどうでもいい。

見合いの相手がどんな男だろうと、それも半《なか》ばどうでもよかった。

（私、やけになってるのかな……）

心の中で自問する。

暗い虚無感が胸の奥に宿っていた。

と、

「……本当によろしくお願いしますね、涼子《りょうこ》さま」

「……念を押さなくても大丈夫よ、片霧」

「……不正に私が関与しているとバレた場合、私は秘書の座を追われるかもしれません。そのときには何卒《なにとぞ》……」

「分かっているわ。悪いようにはしないから。あなたと私は一蓮托生《いちれんたくしょう》……」

真由《まゆ》はハッと顔をこわばらせた。

妻ロワで、彼女にだけ都合のいいように起きるアクシデントの数々。

とても偶然とは思えない頻度《ひんど》で起きていた自らにとっての『幸運』。そして他の候補者にとっての『不運』。

ならば、それを為《な》したのは――。

「……やっぱり、不正はお母様の指示だったんですね」

雪人《ゆきと》と交わした最後の会話を思いだす。

真由がはっきりと否定できなかったのは、もしかしたら、この不正には実家が関わっているのではないか、という疑念があったから。

「勝つために最善を尽くすのは当然でしょう」

平然と答える母の言葉に、胸の中に苦いものが広がっていく。

ルールを破って他者を出し抜くのは、最善を尽くしたとは言わないと真由は思う。それはただの卑《ひ》怯者《きょうもの》というのだ。

しかも母親はそれを隠すつもりもなかった。むしろ、今の会話はわざわざ聞かせたように思える。

不正を恥じるどころか、恩を着せたとでも思っているのだろうか、母は。

ますます胸が苦くなる。

た。

「母はあなたのためを思ってしたのですよ」

「……ありがとうございます、お母様」

しかし続く母の言葉に、内心を押し殺し、感謝しているようなほほ笑みを浮かべるしかなかった。

やがて、そうこうしているうちに見合い相手である海王家《かいおうけ》の分家が到着し、真由たちは部屋に案内された。

相手は海王家の分家の中では五本の指に入る力を持ち、家の格としては夏瀬家《なつせけ》より上だ。真由たちにとって良縁と言っていいだろう。

世話人である片霧《かたぎり》の進行によって互いに挨拶《あいさつ》を済ませる。

「へえ、写真よりずっと可愛《かわい》いじゃん」

目の前の男は値踏みするような視線で真由を無遠慮に見ていた。

名門大学を今年いっぱいで卒業し、その後、父の右腕として働く予定だとか。

外見は言うまでもなく、態度や口調の端々からも軽薄さが伝わってくる。

真由は思わず目を逸《そ》らした。

やっぱり、違う。

（先輩とは、違う――）

「真由《まゆ》はまだ高校生ですから、とりあえず婚約だけしておいて、卒業後に結婚ということでよろしいですか？」

「別に卒業まで待たなくてもいいんじゃないっすか？」

男――水樹《みずき》がまた無遠慮に真由を見た。

今にも舌なめずりしそうな顔だ。

「なんなら真由ちゃんが十六歳になり次第、結婚ってことでも。高校は中退すればいいじゃん。ね？　早く家庭に入って、後継ぎを産んでもらいたいし」

言いながら、ねっとりとした視線を彼女の胸元や腰回りに這《は》わせている。

ゾッとした気持ちで鳥肌が立った。

「……馴《な》れ馴れしく真由って呼ばないでください」

反射的につぶやいた言葉にありありと嫌悪感がにじむ。

不快そうに水樹が眉《まゆ》をひそめた。

「あ？」

「い、いえ、なんでもありません」

どうしてだろう？

雪人《ゆきと》にそう呼ばれたら、もっと心が浮き立つような喜びを覚えるのに――。

「そちらがそう仰《おっしゃ》るのなら……いいですね、真由？」

「……………」

「真由？」

（高校を辞めるなんて……もう先輩に会えないなんて）

膝《ひざ》の上で握りしめた拳《こぶし》が震えた。

「私――」

喉《のど》の奥に絡みついたように言葉が出てこない。

今まで親の言うことに逆らったことなどなかった。

いつも『素直ないい子』で通してきた。

それでいいのだと思っていた。

父が、母が、優しい笑顔で接してくれるから。

「私……私は……」

答えが、出ない。

脳裏に優しくほほ笑む少年の顔が浮かんだ。

（先輩――）

「真由ちゃん！」

心の中の呼びかけに応《こた》えるように、扉が突然開く。

現れたシルエットに、真由《まゆ》は驚きの表情を浮かべた。

そして彼女の顔は、驚きから喜びへと変わる——。

※　※　※

「なんですか、あなたたちは！」

突然侵入してきた僕らに、真由ちゃんのお母さん——調査資料に載っていた名前によると、涼子《りょうこ》さん——が怒声を上げた。

「これは娘のための大事な席なのですよ！　今すぐ出ていきなさい！」

「娘のため？　自分のためやろ」

桃花《とうか》ちゃんと涼子さんはともに険しい表情で視線をぶつけあう。

「なんですって……！」

「家のために娘を売ろうとしているんやないか。それでも親か？」

「人聞きの悪い……正妻審査にエントリーしているあなただって状況は似たようなものでしょう。違いますか、那和坂《なわさか》のお嬢様」

言葉づかいこそ丁寧だけど、その表情と口調には嫌味ったらしさがあふれていた。

「違う！　参加したんは、うち自身の意志や。親かて、うちに無理強いはしてへん。ちゃんとうちの意志を尊重してくれたんや。娘を道具扱いしてるあんたとは違う」

桃花ちゃんは怒りをあらわにして言い返す。

涼子さんは不快そうに顔をしかめた。

「……言い過ぎではありませんか、それは」

「ふん、娘を自分の道具にするような親にはこれくらい言わな。雪人《ゆきと》も御神《みかみ》の次期当主として、夏瀬《なつせ》家《け》との付き合い方を考え直したほうがええかもな」

「じ、次期当主――」

涼子さんは僕の顔をまじまじと見つめ、ハッと顔をこわばらせた。

「ではあなたが御神雪人様……⁉」

彼女の言葉がさざ波のように波紋を広げる。

やがて、見合い相手の海王《かいおう》家《け》の人たちまでざわめきだした。

さすがに『御神』のネームバリューは抜群みたいだ。

「次期総帥《そうすい》が当家になんの用でしょうか？　見ての通り、お見合いの最中なのですが……」

「そのお見合いのことで来ました」

困惑した様子の涼子さんに、僕は言い放った。

それから真由ちゃんに向き直る。

「真由《まゆ》ちゃんは本当にお見合いがしたいの？」

「先輩……？」

「このお見合いは無理やりさせられてる、って聞いた」

真由ちゃんはうつむいて黙りこむ。

「中学のとき、真由ちゃんのおかげで僕は自分の進路にちゃんと向き合うことができたんだ。だから今度は僕が真由ちゃんの手助けをしたい」

「私の、手助け……？」

「真由ちゃんが自分の人生に向き合う手助けをね」

僕の言葉に、ようやく真由ちゃんの口元がかすかにほころんだ。

「いくら次期当主とはいえ、夏瀬《なつせ》のことに干渉しすぎではありませんか？　うちにはうちのやり方があるのですよ、雪人《ゆきと》様」

涼子《りょうこ》さんがますます不快感をあらわにして、僕らの会話に割って入った。

「真由ちゃんの意志は置き去りにするんですか」

「子どもが親の言いつけに従うのは当たり前のこと」

「子どもは親の道具でも操り人形でもないでしょう！」

僕は怒りの声を上げた。

真由ちゃんの意志を無視して、言いなりになんてさせない――。

そんな思いをありったけ込めて、二人をにらみつける。

「勘違いされておられるようですが、見合いの件は真由も納得していることですよ？」

涼子さんが、白々しく真由ちゃんのことを持ち出す。

「とても納得しているようには見えません」

しかし、僕は退《ひ》かなかった。

他のことなら、あっさりと気圧《けお》されてしまったかもしれないけれど。

今、真由ちゃんに関しては、譲れないんだ。

「今の真由ちゃんの顔を見て、納得しているって本気で思っているんですか」

「っ……」

さすがの涼子さんも顔をわずかに引きつらせた。

たぶん、本当は気づいているんだろう。

真由ちゃんは自分の気持ちを押し殺しているだけだっていうことに。

「……結婚はお互いの気持ちだけでできることではありません。家の繋《つな》がりという側面もあるのですよ、雪人様」

だが、涼子さんはすぐに鉄面皮《てつめんぴ》を発揮して、矛先《ほこさき》を変えてきた。

「海王家《かいおうけ》との繋がりができれば、我が夏瀬グループにとって大きなプラスになります。生き馬の目を抜く財界において、我らも必死なのです。生き残ることに。気を抜けば、烈宮《れつみや》や覇世蔵《はぜくら》など他の四大財閥《ざいばつ》に食われることもあり得ますからね」

正直、財界での勢力争いなんて話を持ち出されると僕にはよく分からない。今、涼子《りょうこ》さんが言った名前だって初めて聞いたものばかりだ。

「現に、分家の中にも他勢力に呑《の》まれ、力を失った家もあります。没落していった家も。我らはそうなりたくはないのです。仮に今回の結婚がご破算になった場合、その損失を御神家《みかみけ》で補償してくれるのですか」

「お、おい、涼子――」

「あなたは黙っていてください」

真由《まゆ》ちゃんのお父さんがさすがに声を荒立てたけど、涼子さんの一喝で静かになった。

この家の実質的な権力者は涼子さんなのだろう。今の短いやり取りだけでそれが伝わってくる。

「補償……ですか」

ごくりと息を呑んだ。

「お答えください、雪人《ゆきと》様。あなたはどうなさるおつもりですか？　序列最下位の夏瀬家《なつせけ》などどうなっても構わないと？」

「……もうやめてください、お母様」

真由ちゃんが小さなため息交じりに言った。

その顔を見て、僕はハッと目を見開く。

「……ありがとう、先輩。来てくれて、すごく嬉《うれ》しかった。私、もう大丈夫です」

真由ちゃんは真摯《しんし》な表情でそう言って、

「お母様、それに海王家《かいおうけ》の皆様、本当にごめんなさい」

真由ちゃんは母親に向き直ると、深々と頭を下げた。

「私、やっぱりこの縁談はお断りさせていただきます」

「何を言うのですか⁉ 許しませんよ、真由！」

涼子さんはすでに鬼の形相だった。

美人なだけに、怒ると迫力たっぷりだ。

「この見合いには家の命運がかかっているのです。あなたは夏瀬家を没落させたいのですか」

分かりなさい、と言外ににじませる涼子さん。

「……ごめんなさい」

真由ちゃんは哀しげな表情を浮かべた。

「ずっといい子でいようと思って……お母様の言うことには全部従ってきました。お母様が大好きで、お母様にも私を好きでいてほしかったから……。子どものころにもらったストラップは今でも大切な宝物です」

「こ、こんなときに何を言って……」

突然の告白に、涼子《りようこ》さんが動揺の表情を見せた。

「でも今度だけは自分の意志を通します。たとえお母様の命令でも――従えない」

「駄目です！　この縁談は絶対に成立させますよ。夏瀬家《なつせけ》の繁栄のために、私がどれだけ奔走《ほんそう》してきたか――」

「夏瀬家の繁栄を望むなら、なおさら、ここは矛《ほこ》を収めるべきじゃないんですか？」

僕が真由《まゆ》ちゃんのフォローに入る。

気圧《けお》されてばかりはいられない。

今この場で、彼女を支えられるのは僕しかいない――。

そんな気持ちが、僕を奮《ふる》い立たせた。

「今回の結婚がご破算になったときは、その損失を補償しろ、と言っていましたね。なら、あなたたちの不正が元で、正妻審査に不当なジャッジを受けた那和坂家《なわさかけ》や青蓮院家《せいれんいんけ》に、あなたたちはどんな補償をするつもりなんです？」

「ふ、不正って――」

その言葉にたじろぐ涼子さん。

「不正をしてまで、本家筋との関係を深くしようとしたあなたたちの行動は、御神《みかみ》グループに対する明確な背信。違いますか？」

僕は以前に桃花《とうか》ちゃんから受け取った調査報告書を涼子さんの前に突きつけた。

はっと息を呑《の》む涼子さん。

切れ長の目が見開かれ、愕然《がくぜん》と揺れていた。

「補償はもちろんのこと、ペナルティをも覚悟すべきでしょう」

自分でも驚くほど冷ややかに告げる。

「ペナルティ……ですって……⁉」

「最悪の場合は、本家からの援助そのものの見直しもあり得る、とご理解ください」

つとめて冷静にそう言い渡した。

「く、黒い！　黒いで、雪人《ゆきと》！」

「雪人くん、だーくさいどに堕《お》ちちゃったの……？」

驚く桃花ちゃんやポカンとした柚《ゆ》子《ず》さんの声が背後で聞こえる。

僕は構わずに続ける。

「そ、そんなことをあなたの独断で――」

さすがの涼子さんも目に見えてうろたえていた。

「ならば、僕が次期総帥《そうすい》として分家のトップたちを集めて、この件を詰《し》問《もん》します」

そもそも、僕にそんな権限があるのかどうかも謎だけど。

ここで大切なのはハッタリだ。

そして、本題はここからだった。

「ただし、僕としてもいたずらに話を荒立てたくはありません。だから、あなたがこれ以上出しゃばらず、真由《まゆ》ちゃんを解放してくれるなら——この件は、僕の一存で不問にしてもいい」

「真由を……解放ですって？」

涼子《りょうこ》さんが怪訝《けげん》な顔をして、おうむ返しにたずねる。

「あなたたちへのペナルティですよ。真由ちゃんを——夏瀬家《なつせけ》から出奔《しゅっぽん》させることが」

「な、な、な……」

つまり、僕はこう言っているのだ。

これ以上、真由ちゃんをあなたたちの操り人形にはさせない、と。

「今後、彼女の後見は御神《みかみ》本家で務めます。それでこの件は不問にしましょう」

「ふ、不問に……」

つぶやきながら、涼子さんの表情はこわばっていた。

きっとこの瞬間にも、頭の中では僕の提案に乗るか、反るか——それぞれのメリットとデメリットを計算しているに違いない。

たっぷり三十秒は沈黙して、

「……分かりました。真由の身柄を本家に預けます。それで今回の件は、何卒《なにとぞ》——」

縁談をまとめて海王家《かいおうけ》とつながりを持つというメリットと、御神本家から不興を買うというデメリット。

その二つを天秤《てんびん》にかけた涼子さんの答えが、それだった。

——こうして真由ちゃんと海王家とのお見合いはあっけなくご破算となった。

「ちゃんとあのときに調べていれば……今までずっと辛《つら》い思いをさせて、本当にごめん、真由ちゃん。許してほしい」

僕の言葉に、真由ちゃんは哀しげな顔で首を左右に振った。

「先輩はあのとき、私のことを信じる、って言ってくれました。私こそ、ちゃんと言えばよかったんです。でも勇気が足りなくて……」

言って、真由ちゃんは潤んだ瞳《ひとみ》に柔らかな光をたたえて僕を見つめる。

「本当は——心の底では、ずっと待っていたのかもしれません。だから……嬉《うれ》しいです。白馬の王子様みたいでしたよ、先輩」

「じゃあ、来た甲斐《かい》があったね」

僕は、彼女の言葉に照れくささと清々《すがすが》しさを同時に感じた。

「それに、私の実家が不正に関わっていたことに変わりはありませんから。桃花《とうか》先輩や柚《ゆ》子先輩にもご迷惑をおかけしてしまって——申し訳ありませんでした」

「真由《まゆ》は悪くないやろ」

「そうそう、気にしないで～」

にっと口の端を吊《つ》り上げる桃花《とうか》ちゃんと、あっけらかんとほほ笑む柚子《ゆず》さん。

「でも、真由ちゃんを出奔《しゅっぽん》させるなんて、ちょっと強引すぎたかな」

僕は頬《ほお》をかきながら苦笑を漏らす。

「……ふふ、実は私もお見合いを断った後は、家を出ようかなって……その覚悟でお母様に反抗したんです」

くすりとほほ笑んだ真由ちゃんの笑顔は、いつも通りの悪戯《いたずら》っぽいものだった。

それは僕が、心から見たいと望んでいた顔でもあった。

「あのときとは立場が逆になっちゃいましたね。先輩のおかげで自分の進みたい道が分かりました」

「進みたい……道？」

「きっかけは妻ロワでしたけど……いえ、もしかしたら中学で出会ったときからずっと……でも、今やっと自分の気持ちに気づくことができたんです」

真由ちゃんの潤んだ瞳《ひとみ》が僕を捉《とら》える。

「許されるなら、私……もう一度先輩と……家のためではなく、私自身の想いを遂げるために――」

今にも泣き出しそうな瞳《ひとみ》から、あふれんばかりの想いが伝わってくる。

「あなたの、妻にしてください」

やっと聞くことができた、真由《まゆ》ちゃんの素直な言葉。混じりっ気なしの本音。

僕は胸の内が甘く痺《しび》れるのを感じながら、彼女を見つめ返した。

「妻ロワを通して、今まで知らなかった真由ちゃんのこと、たくさん知ることができたんだ。真由ちゃんはすごく強くて……でも、誰《だれ》よりも脆《もろ》い女の子なんだ、って」

「先輩……」

真由ちゃんの顔にはいつもの明るさが戻っていた。

たとえその陰に弱さや苦しさを抱えているのだとしても、やっぱり明るくて、一緒にいるだけで元気にしてくれる笑顔は本物なんだと思う。

「その強さに支えてもらったこともある。そしてその弱さを支えたいとも思うんだ。僕に何ができるか分からないけれど、それを探していきたい」

僕は息を大きく吸い、真由ちゃんの手を取った。

あのとき、つかめなかった手を――。

今度こそ、もう離さないとばかりにしっかりとつかんだ。

正妻の座は
渡さない!

I don't
give anyone
position
of legal wife!

I don't give anyone position of legal wife!

epilogue

エピローグ

「僕は真由《まゆ》ちゃんを妻として選びます」

その場にいる全員の前で、僕はそう宣言した。

室内が水を打ったように静まり返る。

「……それが、雪人《ゆきと》の答えなんか」

その沈黙を破ったのは、噛《か》みしめるようにつぶやいた桃花《とうか》ちゃんだった。

「そういうことなら祝福するしか……ないんやろうな」

「雪人くんは真由ちゃんを選ぶんだね……なんとなく、そうなる気がしてた」

今度は柚子《ゆず》さんが切なげな顔で僕を見つめる。

「ごめんね、二人とも。僕が一緒に生きていきたいって一番思える女の子は、やっぱり真由ちゃんしかいないんだ」

「嬉《うれ》しいです、先輩……」

真由ちゃんが僕の手をそっと握り返してきた。

うっとりと頬《ほお》を染めた彼女は、今まで見たどんな顔よりも可憐《かれん》で、今すぐ抱きしめたいくらいに愛らしい。

「お待ちください、雪人様」

声を上げたのは東雲《しののめ》さんだった。

やっぱり来たか、と内心で警戒を強める。

さっきは協力関係にあったから頼もしかったけど、今度は一転して険しい顔で僕を見すえている。

「本来、御神《みかみ》家の正妻は正当な審査を経て選ばれるべきもの。このようなイレギュラーな選出では、本家も分家も納得しないかと」

東雲さんが冷静な口調で告げる。

反論の余地もない、紛れもない正論。

「はい、簡単じゃないとは思います」

僕は力強くうなずいた。

「でも、決めたんです。これから大変なことがいっぱいあると思いますけど……頑張って説得して……ちょっとずつでも話を進めていきたいと思っています。真由ちゃんと二人で」

「そう甘くはありませんよ」

「覚悟の上です」

僕は揺らがず、胸を張って自分の決意を語る。

東雲さんはじっと僕を見つめ、やがて小さく息をついた。

「……では、もう何も言いません。厳しい道のりになるかと思いますが――」

言って、東雲《しののめ》さんがかすかにほほ笑む。

「私は総帥《そうすい》に仕える身ですから、次期総帥である雪人《ゆきと》様のことも、できる限りは応援させていただきます」

「ありがとうございます、東雲さん」

その心遣いだけで十分だった。

「むー……でも、やっぱり納得いかへん！」

突然、桃花《とうか》ちゃんが、びしいっ、と僕らを指さす。

「な、なんのこと、桃花ちゃん⁉」

突然のことにうろたえる僕。

「妻ロワがうやむやになってしまうことに決まってるやろ」

桃花ちゃんの言葉に、真由《まゆ》ちゃんが表情を険しくした。

僕の二の腕をギュッとつかみ、桃花ちゃんをにらむ。

「……妻ロワの最終審査は先輩が誰を妻にしたいかを選ぶということになったんですよね？それなら、これで決着がついたようなものでしょう。さっき納得したんじゃなかったんですか、那和坂《なわさか》先輩」

「い、いや、そもそも決着ついてへんし。うち、まだ本気出してへんし」

な、何、その悪役の負け惜しみの捨て台詞《ぜりふ》みたいな言い分は……？

「あたしも本気出してないよ〜」

えっ、柚子《ゆず》さんまで？

「もうちょっと雪人くんたちと一緒に遊びたいなーって。だからまだ婚約しちゃダメ。あたしたちの戦いはこれからだよ〜」

な、なんだって⁉

「そもそも真由は妻ロワをリタイアした状態やったし」

桃花ちゃんがずいっと迫る。

「そ、それは――」

「実家と縁を切ったんやから、そんな相手との婚約自体、妻ロワの趣旨から外れるし」

ううっ、あのときは雰囲気で押し切るつもりだったから、細かいことは考えてなかった。

痛いところを突かれて、僕は返答に詰まった。

「というわけで、雪人の妻選びはノーカウント。妻ロワをあらためて開催するっちゅーのが妥当やろ。今度こそ本当の決着をつけるための――そう、『真・妻ロワ』を開くんや！」

「わーい、真・妻ロワ〜！」

背景にドーンと書き文字が浮かんできそうなノリではしゃぐ柚子さん。

いや、柚子さんなんで拍手してるんですか！

「でも先輩は私を選んでくれたんですよ」

二人の主張に、真由《まゆ》ちゃんが毅然《きぜん》と言い返す。

「結婚は家と家との結びつきや。それに雪人《ゆきと》は次期総帥《そうすい》。万人が納得できる形で奥さんを選ばんとなー、うふふふ」

く、黒い！　桃花《とうか》ちゃんが黒くなってる！

そもそも、さっきと言ってることが違う！

「……この気持ちが恋なのかどうかも、ちゃんと確かめんとあかんし」

「えっ？」

最後に何か付け足したけど、意味がよく分からない。

「雪人《ゆきと》くんと遊ぶの楽しいんだもん」

ひしっ、と柚子《ゆず》さんが僕の腕にしがみついてきた。

「あーっ！　ち、ちょっと、私の先輩に何するんですかっ」

「真由ちゃん、今『私の先輩』って」

「あ、つい言っちゃった……」

ハッとした顔で口元を手で覆う真由ちゃん。

頬《ほお》を赤くして僕をチラチラと見つつ、

「で、でも、私は先輩のお嫁さん……ですから」

うっ、照れる仕草がすごく可愛《かわい》い。

「手ごわい……！」

そう言った桃花ちゃんの表情が険しくなる。

「とゆーわけで仕切り直しだね～」

「いざ尋常に勝負や！」

「ずるいですよ、二人とも。もう勝負はついたはずでしょう」

かしましく言いあう三人。

こ、この展開はまさか、本当に……妻ロワ延長戦⁉

「さあ雪人、もう一回ちゃんと選んでもらうで！」

「雪人くん～」

「先輩は私を妻にしてくれるんですよね？」

桃花ちゃんが、柚子さんが、そして真由ちゃんが――。

『正妻の座は渡さない！』

そんな視線の圧力をかけてくる彼女たちに、僕はたじたじと後ずさったのだった。

あとがき

このたびは『正妻の座は渡さない！』を手に取っていただき、ありがとうございました。

今回はストレートなラブコメです。

中学時代にほのかな想いを抱いていた後輩の女の子と、大阪から転校してきた元気印の女の子と、ユルい感じの上級生の女の子が、主人公の正妻の座を射止めるために奮闘するお話……って、表題そのまんまですね。ストレートなラブコメは書いていても読んでも癒されるので実によいものです。

そういえば、ヒロインの一人が大阪出身なのですが、普段あまり方言を使うキャラを描くことがないのでなんだか新鮮でした。

方言いいですね、方言。関西もいいけど、四国や九州とかも可愛いし……あ、でも東北も捨てがたいですね。機会があれば、また方言キャラにも挑戦してみたいものです。

なお今回はいつにも増してタイトなスケジュールでしたが、誉《ほまれ》先生の素敵なイラストに萌え癒されながら、どうにか執筆を乗り切ることができました。

いやー本当にきつかった……夜中の三時まで執筆していたのは数年ぶりですね。

兼業作家だったころは会社から帰る↓十二時くらいまで仮眠↓夜の三時くらいまで執筆して、また朝まで数時間睡眠……というのが割とデフォでしたが、ひさびさにやるとけっこうキツいものですね。翌日はあくびばっかりする羽目になります（笑）。

やっぱり僕には朝型生活で執筆するほうが向いているということが再確認できました。睡眠大事、超大事。

ちなみに誉先生はツイッターでフォローさせていただいていて、以前からイラストを何度も拝見していたのですが、まさかこうして挿絵を描いていただけるとは……不思議な縁を感じます。ありがたやありがたや。

表紙の真由も可愛いですねー。幸せです。

というところで、そろそろ紙面も尽きてきたので、謝辞に移りたいと思います。

毎度の怒涛の赤入れ修正指示で一から丁寧に指導してくださる担当編集のW様、並びに美麗かつ可愛らしいイラストの数々を描いてくださった誉様、さらに本書が出版されるまでに携わってくださった、すべての方々に感謝を捧げます。

そしてもちろん本書をお読みいただいた、すべての方々にも……ありがとうございました。

それでは、次作でまた皆様とお会いできることを祈って。

二〇一四年六月中旬　天草《あまくさ》白《しろ》

買ってくれて
ありがとう
ございます。